クレイ・ストーリー

旅する魂

古舘忠夫 著

セルバ出版

はじめに

２００８年、私は那須にある3万８０００坪の土地を購入しました。これは東京ドームが2個余裕ですっぽりはまるくらいの広さです。

「そんな広大な土地を買えるなんて、この古舘というやつはとんでもない富豪だろうか」と思うかもしれませんが、この土地、破格の安さだったんです。

元々は国有地で、那須の番地名にもなっている「占勝園」という公園だった。

那須歴史本にも掲載されている由緒ある土地。

那須御用邸にある石と夫婦岩とされる巨大な灯籠がある。

分割できないため、一括で使用しなければならない。

箇条書きにすると、そんな訳あり物件でした。

不動産会社も別荘地として利活用することができないわけで、全然売れなくてディスカウントされまくったところを買いました。

要するに誰も欲しがらなかった辺境の3万８０００坪なわけですが。

なぜ、そんな土地を私が買ったのか。

そこに至るまでの、私の人生物語はとても変わっています。

人生の面白いところは、どんな境遇の人であっても悩みをもっていることです。

どれだけ富をもっていても、仕事で成功を収めていても、人間関係に恵まれていても、人は悩みを抱えながら生きていきます。

私だっていつも悩みをもちながら生きています。

私は20代の若い時分に、大きな悩みを抱き、大きな決断をしました。

決断にともなうリスクは計り知れないものでした。自分の生活が破綻する可能性もありました。人生を棒に振るかもしれない選択でした。

しかし、その決断によって、後悔のない、身も心も豊かで幸せな日々を送ることができています。

84歳となった現在も、精力的に仕事をし、世の中への貢献をひたむきに行っています。

私のこれまでの人生を通して、誰もが抱えるであろう悩みを解決するためのヒントをつかんでもらえれば。そんな気持ちで書いたのが、この1冊です。

テーマとしては大きく2軸、仕事の話と思考の話を詰め込んでいます。

「なるほど、こういう人生の送りかたもあるのか」

取り止めのない話も多いことでしょうが、そんな風に思ってもらえたら幸いです。

いまのうちに、タイトルについての回収をしておきます。

タイトルに「クレイ＝Clay＝粘土」が付されているのは、私の仕事に紐づいています。私は車関連の商品開発をたくさんしてきました。

その中の1つに、かれこれ40年近くシェアナンバーワンで売れ続け、アメリカの業界団体によって殿堂入りを果たすきっかけになったものがあります。

それの素材が粘土でできています。私の生活の大部分を支える糧になったのが粘土というわけです。

また、熱狂や狂気を意味する英語「Crazy」には、スラングとして用いられる短縮形で「Cray」というのがあるそう。タイトルはここにも引っ掛かっています。

私の人生物語は熱狂にあふれ、狂気じみています。

ものづくりに人生を捧げる、熱中の毎日です。

さらには、世のあらゆる現象を知り尽くしたいという欲求から、死後の世界についても熱心に研究を続けてきました。

死んだ後、私たちの魂は一体どこへ行ってしまうのか。魂の旅の行方も、私なりの見解で語っています。

したがいまして、このクレイなストーリーは取扱注意です。

ポイントは疑って読むことです。

実態的なビジネスの話も展開されていますが、中にはちょっと不思議なエピソードも含まれています。あまりの胡散臭さに呆れて放り出すことなく、疑いの気持ちを忘れずに、最後まで読んでほしいです。

ファンタジーでも読む気分で、どうか最後までお付き合いください。きっと、生きていく上でのなにかしらのヒントになるはずですから。

２０２４年11月

古舘　忠夫

クレイ・ストーリー　旅する魂　目次

第2章　整髪料をこぼしたら新しい人生が始まった

第3章　商いは「欲まみれ」であれ

第4章　中古車業界のゲームチェンジャー

第5章　目に見えない世界へ殴り込む

第6章　宗教にどっぷり浸かってみてわかったこと

第7章　自分の人生、これでいいのだ

第1章　自分の人生、これでいいのか

人生の折り返し地点で立ちすくむ人々

■ミッドライフ・クライシス

人生80年であれば40歳。最近では人生100年時代と呼ばれていますから、それなら50歳。

人生の折り返し地点付近で「私の人生はこれでいいのか」と、人生に対して強烈な不安や漠然とした焦りを抱く人が多いといわれています。これは個人の地位や財力とは無関係に起こる心理現象です。

症状が悪化すると、追い込まれる精神が体を蝕んでいきます。不眠や食欲不振を招き、体調不良や不安障害、ギャンブルやお酒への依存症、うつ病に見舞われる人もいるのだとか。

この現象にはちゃんとした名前があって、「ミッドライフ・クライシス」というらしい。まさに中年期に訪れる大きな危機です。

気力体力に衰えを感じたり。

老後が気がかりだったり。

親の介護が心配だったり。

子どもがいる人は子育てが落ち着く段階で1つの大きな役目を終えたり。

会社員なら自身の最終キャリアも見えてくるころだったり。

同僚や親戚など身近な人が亡くなることも多くなったり。

心に空虚を感じる瞬間が一気に増えるのが、ミッドライフ、人生の折り返し地点ということでしょう。

■40代から60代の約半数が虚無感に襲われる

「テレ東プラス」が２０２４年３月、全国の40代から60代以上の「Yahoo! JAPAN」ユーザー２０００人を対象にアンケートを実施しています。

まず「『自分は無価値だ』と思うなど、日々の生活の中で虚無感に襲われることはありますか？」という質問に対し、約半数に迫る49・５％が「ある」と回答しています。

「虚無感に襲われるときはどういったときか」という問いかけに対しては、「これから先の人生を考えたとき」「仕事がうまくいかないとき」といった、先ほど挙げたような生活のことや仕事のことに関連した不安要素を回答しています。ほかに「なんとなくいつも」といったように、常日頃から生きることの意味を問いかけ続けている人も多いことがわかっています。

こういったアンケートを見ると、同じような心理現象に悩まされている方は、「みんな同じような悩みを抱えるんだな」と、少しホッとする面もあるかもしれません。

ミッドライフ・クライシスは誰にでも去来する現象。ほとんどの人が人生に不安や疑問を覚えてしまうものなのです。

同じような気持ちは20代や30代の若い時分にも発生し得ますが、結婚や出産や転職など、ライフステージの変化は目まぐるしく訪れ、また体力も十分にあるでしょうから、人生を変えるには十分な余力があるといえます。自らの力で、あるいは外的環境から発生する変化力によって、自然と人生に転機は訪れます。

転機の可能性が極めて小さくなってしまうのが中年期以降です。行動を起こすための腰は重くなっているし、生活環境がよくも悪くも落ち着いているため、新しい化学反応は起きにくくなっています。

「このまま年を取っていいのか」

自問自答は中年世代に付きもの。偉大な功績を残す著名人であっても、莫大な財を築いた事業成功者であっても、必ず訪れます。

私も50歳のとき、俗にいうミッドライフ・クライシスに襲われています。

私の場合、とある発明によって、見かけ上、人生は安泰でした。しかし私をまとう環境にさまざまな問題が山積みであることを実感していました。そしてそれを解決するためには、自分のいまある物や知識や技術だけではどうにもならないことも痛感しており、ひどく落胆し、心に虚無を抱いたものでした。

人生の成功とは何か

■シニアにも訪れる虚しさ

60代以降も「自分の人生、これでいいのか」と感じる瞬間は来訪します。

私がこれまで出会ったことのある人たちから弾き出した推察ですが、「仕事の成功こそ人生の成功」と信じてやまなかった人ほど、人生の終盤で路頭に迷う傾向が強いようです。

企業ではある程度の地位まで上り詰めた人、仕事で大きな成果を上げてきた人は、定年退職前と後の自分の「扱われかた」のギャップに多大な衝撃を覚えます。もちろん、定年退職後も要職に就く人はいるでしょうが、それはほんの一握り。多くは肩書きをなくすことになります。

ある人は、退職し隠居生活を始めるやいなや家族に存在を疎まれ、家にいても居心地が悪いと愚痴をこぼしていました。かといって熱中する趣味がある訳でもなく、だらだらとパチンコでお金を浪費して残りの人生を潰していったのです。そして毎日のように「このままでいいのか」「自分の人生とは何だったのか」と虚無感に苛まれています。

嘱託社員として会社にそのまま残る人もいます。一般社員、いわゆるヒラの肩書きとなり、仕事の中心からは外され、重要なミッションを任されることはなくなります。かつての部下たちは職位では上に位置し、気まずい関係となり仕事を振られることもありません。もう一花咲かせようと意気込んで再雇用されたのに、仕事が途端につまらなくなり、やりがいを見失ってしまうのです。

安泰とした生活はいいことだが、刺激がないとつまらない。その平坦な日々が死ぬまで続くとなると、みな空虚の感覚を覚えるようです。仕事で成功した人ほどその落差が大きいため「自分の価値とはなんなのか」「自分の人生は成功といえるのか」と絶望の淵に突き落とされてしまいます。

人生のピークはとうに過ぎ去ってしまった。

そんな絶望の中、遠からず先に訪れる死を粛々と待つのは残酷なことです。

■「あるべき論」が人生を渇かせる

現在84歳の私の生活は一風変わっています。

いまも現役で仕事に専念しています。内容はものづくりで、いつも思いつきで工作や商品開発に励んでいます。仕事というよりも趣味の延長といった感じです。

経営する会社の室内は工作に使う機械や工具や材料に埋め尽くされています。栃木県の那須にもアトリエを構えており、そこは私以外でも誰もが自由に、クリエイティブな作業に没頭できるよう開放しています。

現在も精力的にものづくりに勤しむ私を見て、同世代の方に「自分もこういうのをつくってみたい」といわれることがあります。

「ぜひやってみてください。作業場にあるものはなんでも使っていいですから」

私は応援するのですが、

「でも何をつくったらいいのかわからない」

と、先ほどの輝くような目つきとは打って変わって、消沈して項垂れてしまいます。

「頭に浮かんだものを、自分の感性にしたがって、そのまま形にすればいいんです」

「……何も浮かばない」

絵を描くでもいいし、写真を撮るでもいいし、適当にぶらぶら散策するでもいいし、なんでもいいから、とにかく体を動かしてご覧なさい。そう助言しても、やはり首を縦に振ってくれることはありません。

何かしたくても、何をすればいいかわからない。

しまいには「どうせ死ぬのだから、やっても意味がない」といわれてしまいました。

こういう方は、人生の「あるべき論」に縛られてしまっているように思います。

自分の感性にしたがって自由に創作する。これは、社会の一部として与えられたミッションを淡々とこなしていたころの自分を、否定するような気分なのではないでしょうか。これまで培ってきた経験や常識を捨てて、ゼロからクリエイティブな作業に打ち込むことに抵抗感を覚えるのです。

「残り時間が少ない人生で、いまさらそんなことを始めても、成功できるわけではないし」

人生を、成功か失敗で考える。そんな過去の「人生とはこうあるべき」という考えに支配されているから、新しいことにチャレンジできず、人生に渇きを抱きながら余生を送る羽目になるわけです。

そういった方は、まず1度、あるべき論から解放される必要があります。

抽象的観念的な話になってしまいましたが、とにかく既存の人生観から、一刻も早く抜け出す必要があります。

私はそういう方にいいたいのです。

死んだ先にも「遺る」ものがある。

いかに素晴らしいものを遺せるかが、人生の成功である、と。

年をとるほど生に固執する

■死に向けて生きる恐怖

40代50代の折り返し地点にミッドライフ・クライシスに襲われ、65歳以降の後期高齢者になって

「このまま人生を終えていいのか」という気持ちに苛まれる。

年をとるほどに人生への問いかけが増えていくのは、死が刻々と近づくことへの焦りに依る面が大きいのでしょう。

死に抱く感覚は、子どものころは漠然とした不安だけでした。年をとるほど知識が積まれ、わかることが増えるほどに、死後の世界というわからないものに、より一層の恐怖を抱いてしまうのです。

間近に迫る死に向けてどのように生きていけばいいのか。精神的な安らぎを求めて精神世界へとのめり込んでいく人もいます。

極端な例は死刑囚です。

ぼんやりとしていた死の輪郭が、死刑宣告によって突然明確化するやいなや、自身の罪を懺悔し、神父に縋る死刑囚は多いと聞きます。神話や宗教の話に傾聴し、敬虔な教徒になることもあります。

死後の世界について熱心に考えるようになります。

死と真正面から向き合い、確実な死がすぐそこまで来ていてそれから逃れられないと自覚したとき、人は精神世界を縁（よすが）にするのです。

気をつけたいのは、間違った精神世界を頼ってしまうことです。

余命を告げられた人が、大枚をはたいて怪しい療法に挑戦する、なんて話もよく聞きます。それで少しでも延命の効果があればいいのですが、多くは藁をもすがる思いの人の弱みに漬け込んだインチキ療法です。

これも科学では解明されていない、スピリチュアルな世界を頼った光景の1つ。なんの効果もあげられず、ただお金を吸い取られただけで、さらなる絶望を味わうだけです。むしろ寿命を短めることにもなってしまうことでしょう。

■拠り所の選定に気を払おう

ここで伝えたいことは、誰もが死を前にすると恐怖を抱くものだということです。無気力感に襲われ、何かにすがりたいという気持ちに支配されるのが当たり前なのです。

そのときに、何を心の縁とするのか。ここがポイントとなります。

精神世界に突入することは悪いことではありません。恐怖から逃れる方法がほかにない状況なのですから、むしろ自然な流れです。

しかしのめり込む先には十分に注意を払わねばなりません。盲信するべき先を間違うと、財を失ったり、友が離れてしまったり、あるいは罪を背負うことになり、人生が大きく狂ってしまいます。

決して悪どい人たちの餌食にはならぬよう。人生に渇きを覚えたとき、死への恐怖を抱いたとき、どういった世界にネガティブな気持ちの解消や癒しを求めるか、頼る先は十分慎重に見極めたいものです。

誰もが経験する人生のターニングポイント

■生を充実させる「やりたいことをやる」期

これを書いているつい最近、２０２４年９月11日付の朝日新聞夕刊「こころのはなし」に興味深い記事がありました。

国際日本文化研究センター名誉教授で、宗教史や思想史を専門とされている山折哲雄氏が、インタビューにて次のような話をされています。

古代インドでは「四住期」という人生観念がありました。「人生は４つの段階を経て終わるのが理想」という思想で、その４段階を「学生（がくしょう）期」「家住（かじゅう）期」「林住（りんじゅう）期」「遊行（ゆぎょう）期」と呼びます。

学生期は師を仰ぎ学ぶ時期。家住期は結婚し子どもをつくり、職業に専念する時期。ここまでは字面からなんとなく想像はつきます。

さてその次の林住期ですが「子育てが落ち着き仕事が一段落して、いま目の前にある現実から離れて、自分がそれまでやりたいと思っていたことを自由にやる時期」なのだそうです。

最後の遊行期は聖者のような生活で、ここにたどり着ける人はごく僅かだと山折氏は述べています。

話題の肝となるのは林住期です。このやりたいことをやる時期によって人は身も心もリフレッシュし、以前とは違った価値観でその後の人生を充実させていくようになります。

では具体的に林住期に何をするのかといえば、文字通り森林に入るとか、瞑想を始めるとか、聖地巡礼をするとか、音楽の道を行くとか、各々で自由に決めていいそうです。

ポイントは、それまでの「世俗的なものからちょっと離れて生きる」こと。自身の時間とリソースの許される中で、自由な生きかたを満喫することが、いまの時代に合った林住期の送りかたです。

山折氏の見解では、釈迦も6年の林住期を経て遊行期に進んだといいます。

その後に聖者としての道に進むにしろ、俗世間の中で揉まれながら生きるにしろ、この林住期は「生きる」を実感する重要な段階であることは間違いありません。

しかしながら、林住期が軽んじられている人、忘れてしまっている人が多いのも現代かもしれません。

自分が本当にやりたかったことがなんなのかを忘れ、日々のタスクやプレッシャーに押しつぶされそうになりながら、満身創痍で壮年中年そして老年へと急かされながら生きていく。このような林住期と縁のない人生観が、先述のミッドライフ・クライシスを引き起こしたり、「人生の成功とはなんぞや」といった問いかけを生む要因となるのではないでしょうか。

■偶然の発明から殿堂入りまでの私の道のり

人生の変わり目、分岐点や転機を意味するターニングポイント。

誰もが人生でいくつかのターニングポイントを経験します。林住期というのもターニングポイントの1つといっていいでしょう。

このターニングポイントをしっかりつかんで経ることが、人生で誰もが抱える悩みを解消し、人生をより彩らせ、後悔のない人生を歩ませてくれます。

ターニングポイントは、自ら飛び込んでいくものと、意図せず訪れるものがあります。林住期は自ら飛び込んでいくタイプのターニングポイントです。自分の意思に基づいてつかむことになります。

一方の意図せず訪れるターニングポイントは、それ以前に積み重ねてきた技術や知恵がないと、つかみ損ねる可能性が高いものです。

私はこの意図せず訪れたターニングポイントを見逃しませんでした。

機械加工業に従事し、根っからのものづくり大好き人間だった私は、ある「偶然の発見」から大きなターニングポイントを迎えることになります。この偶然の発見を見過ごしてしまうか、重要なものであるととらえてくわしく分析できるかは、それまで培ってきた技術や知恵に依るところが大きかったと思います。

そして、その偶然の発見と分析をきっかけに、まったく縁のなかったカーディテーリングという業界に入っていきます。

カーディテーリングとは、中古車を細部に渡ってきれいにする技法や、その技法によって構成される業界市場を指します。まだ当時は中古車を新品に近い状態にまで復元するという発想はなく、ビジネスとして確立されていませんでした。カーディテーリングと呼ばれるようになったのは少し後になってからのことです。

この業界へ飛び込むとともに、ものづくりの本能に任せるがまま、中古車をきれいに仕上げるカーケア専門用品を続々と開発し、業界の最先端を担ってきました。ついには海外にも展開されていき、開発商品は世界中に認知され、カーディテーリングの常識を上書きしていくまでに事業は成長しました。

その頑張りが評価され、2023年に私はアメリカのカーディテーリング協会で殿堂入りを果たしています。非常に光栄なことです。

このようにダイジェストで経緯を書くと、私がトクベツな人間のように思われるかもしれません。しかし決してそんなことはありません。本当にちょっとした偶然のきっかけをターニングポイントとしてつかめただけのことです。そしてひたむきに無欲にものづくりに専念した結果の、殿堂入りなのです。

先述の通り、私もミッドライフ・クライシスの類に見舞われました。そして50歳を機に、新たなターニングポイントへと自ら飛び込んでいます。自分が本当に知りたいことを知る、そんな真実の旅へと出ました。これが私の林住期の始まりです。

古代インドの教えの通り、林住期を経ることで私は人生に迷うことなく充実した日々を送ることができています。

84歳を迎えたいま、確実に死が近くに迫ろうとしていても、不安や恐怖はこれっぽっちもありません。「この先の世界」を知ったことで安心だけが心を満たしています。自分の体は現世で捨てることになっても、体とは別の「何か」はこの世にあり続けるのです。

その何かの存在をより確信したのは、脳梗塞で左半身マヒになったときでした。体を動かそうとひたむきに脳へ思いを伝える自分と、その命令に従おうとしない脳や神経。自分の所有するものなのにまったく反対を向いてしまっているものがあることに気づいたのです。

体と思いは別にあり、思いをつくり出す根源は体がなくなっても生き続ける。林住期を経たからこそ、その理を発見し触れることができました。その根源の正体はすなわち「魂」と呼ばれるものですが、観念的な話はひとまずここまでとしましょう。

この境地に至れた私の経験と視点というものを、エッセイ風味で次章より話していきます。あなたの心にある虚無が雲散霧消し、「自分の人生、このままでいいのか」と迷わずに済むヒントになれば幸いです。

〔那須に構えるアトリエの一部〕

〔IDA（国際カーディテーリング協会）殿堂〕

第2章　整髪料をこぼしたら新しい人生が始まった

エレベーター工事の怖い話

■大卒平均の3倍もらえる大企業へ

私がその後の人生を大きく左右する最初の決断を下したのは、23歳という若い時分でした。

高校在学中にその後の進路をどうしようか思案していた矢先、とあるエレベーターメーカーの大企業で嘱託医をやっている親戚から「うちの会社に入りなさい」と誘われ、同社に入ることになりました。

日本は高度経済成長の真っ只中、どこも若手人材をなんとしても引っ張ってこようと必死な、売手市場の最盛期です。こういった縁故でなされる人材採用は決して珍しい話ではありませんでした。

就職先はアメリカに本社を置く老舗のエレベーターメーカーでした。雨後のたけのこのごとくビルディングがそこかしこで建てられる時代、エレベーターの需要は急上昇していました。

業績もうなぎ登りで、日本全体が活気づいている中でも、とくに優れて景気のよい業界へ親戚の一声で仲間入りすることができたのですから、私は幸運な人間です。しかも機械いじりが大好きな性分でしたので、この仕事は私にとって天職かもしれないと思ったものでした。

給料は当時の大卒平均のおよそ3倍。そんな高給を高卒間もない18歳の若者が受け取れてしまうのです。給与もよければ、業務内容も世間的に一目置かれます。時代を象徴する、誰もが憧れるような眩しい仕事といえました。

■機械いじりからキャリアスタート

入社1年目は工場で機械部品加工に配属となりました。

ワイヤーロープを巻き上げるモーター部分の加工を担当しました。油まみれになりながらプレス機を繰る日々は、私にとってはそれはもう充実の日々でした。

2年目になるとエレベーター建設部に異動となります。これもまた私にとって相性のよい仕事内容でした。

工場勤めとの大きな違いでいうと、機械と向き合い続ければよかった世界から、人付き合いが仕事の進捗度合いの鍵を握る世界へと移ったことです。

ビル建設時のエレベーターの設置にかかわるのですから、電気設備や壁塗りなどほかの工事業者との連携は欠かせません。要するにみんなで仲良くやっていけるよう根回しをしておかないと、後々手痛い目を被ることになります。

各フロアのエレベーター入り口横には、必ずエレベーターの操作パネルを設置します。このパネルを埋め込むはずの場所を、左官屋にすべて壁で塗りたぐられてしまったときは参りました。これではエレベーターを呼ぶことができません。

「どうしてくれるんだ」

と左官屋に詰め寄っても、

「こちらは工事の日程通りに、やれと言われたことをやっただけだ」

と突っぱね返されるだけ。

工事に遅れはつきもの。しかし左官屋はこちらの遅れなどお構いなしに、事前のスケジュール通りに現場へ入って壁塗りを始めてしまいます。事前に「ここにパネルを埋めるからスペースを空けておいてほしい」と伝えていなかったこちらに非があるというのです。

統括する建設会社に訴えてでも知らんぷりされることも多く、結局、再工事の費用をこちらが補償するかたちで、パネルを埋める穴を壁に開ける羽目になりました。

関係業者との連携が不十分なせいで、このような問題に直面することは多々あり、機械いじりは楽しくても精神的には疲弊する現場ではありました。受注が次から次へと舞い込んでくる目まぐるしい時期でしたから、こういった類のトラブルと無縁になることはありませんでした。

■同僚が次々と……

エレベーター工事事業の給料が高いのは、その業務内容の専門性だけでなく、危険度が高いことも理由にあったと思われます。

工事作業中、ドアを開けてエレベーター部に足を踏み入れたところ、そこにあるはずの「箱」がなく、最下階よりもさらに低いピットと呼ばれるスペースにまで落下し大怪我を負う事故が多発しました。現在は知りませんが、当時のエレベーター工事で発生する代表的な事故です。

エレベーターの箱の上で作業することも多く、このときは箱から手先やつま先がはみ出ないように細心の注意を払わないといけません。ちょっとでもはみ出していて、エレベーターが急に動き出そうものなら、建物と箱に挟まれ裁断されてしまうのですから。

エレベーターのワイヤーロープには錆よけのグリスが塗ってあります。たまに塗りすぎていたためにエレベーターのブレーキが甘くなり、箱とフロアの間に高さのズレが生じてしまうことがありました。そこで屋上部にあるエレベーターの機械室に入って、エレベーターを動かしながらワイヤーロープを布巾越しに握り、グリスを拭き取ることで対処します。

このとき、必ず「下っている」ほうのワイヤーロープを握って拭くよう指示されていました。ワイヤーロープには上りと下りがあり、その間に巻銅（ドラム）と呼ばれるワイヤーロープを巻き上げる機械があります。もし「上っている」ほうのワイヤーロープを握って拭くと、ちょっと油断すれば巻銅に手を持っていかれてしまい、自分の指がぶちぶちと潰れていく音を聞くことになってしまいます。

「俺はそんなミスはしないから」と、仕事慣れしている現場作業員が、上りのワイヤーロープを握って拭くことがありました。確かにベテランは油断しないのですが、新設のエレベーターでも稀にワイヤーロープに「ささくれ」ができていることがあります。硬い素材でできたささくれが作業服や手袋に引っ掛かってしまい……手間取っているうちに指を失ってしまう悲劇に見舞われることもありました。

エスカレーターも扱っていたのですが、これの関連事故も後を絶ちませんでした。

狭い場所に入って点検をする際はエスカレーター本体の電源を切り、さらに念のためヒューズも外してポケットに入れておくのが原則でした。

しかし短時間の作業の場合は、いちいち面倒だからと、違反行為だと思いますが、電源だけ切ってヒューズはオンにしていることがありました。待ち受ける結末は想像に容易いことでしょう。点検作業を把握していなかったビルスタッフがスイッチを入れてしまい、作業員がエスカレーターのラインに巻き込まれミンチ状態に……。

作業自体は単純なものが多かった職場でしたが。少しの油断もできない現場で、３年ほどの勤務で何人かの仲間を失うことになりました。

同期に入社した仲間が欠けていくことはとても悲しく、明日は我が身と考えたことは幾度とあり、将来を考え健康なうちの転職を計画していました。

遊んでばかりの日々に嫌気が差す

■三越屋上からの景色を見て感じた「このままでいいのか」

自分の仕事に強い疑問を抱くようになったのは入社から3年目、建設部から保守点検部に異動した直後からでした。

この保守点検部というのはその名の通りエレベーターの保守や点検をするもので、定期的なメンテナンスのほか、故障トラブルが発生した際に対応するため待機しているのが主な業務内容でした。つまりほぼ事務所でじっとしているのがメイン、大した仕事量もなくじつに退屈でした。しかし給料はいいですし、待機所は百貨店の居並ぶ花の日本橋です。日中も代わりばんこで遊びに出かけるのが日常と化しました。

保守点検を任されている三越本店に行っては、関係者に顔パスで通してもらって三越劇場へ入り浸り、豪奢な演劇や音楽を楽しみました。同じように仕事先の高島屋でもイベント会場があり、退屈することはありませんでした。

同僚たちは「こんな楽でお金もたくさんもらえる仕事はない」「この職場に来れてラッキー」と口を揃えるばかりで、この遊び呆けてばかりの仕事に疑問は持ちませんでした。ときに朝一で故障の連絡が入っても、「今日はあまり働く気がしない」「昼飯を食べ終わって午後から向かおう」なんて会話が飛び交うこともありました。

いつものように夕刻くらいから三越屋上へと繰り出し、ビアガーデンでビールを飲んでいたときのこと。

ふと街を見下ろし、

「このままでいいのだろうか」

自然とつぶやくことがありました。

眼下の中央通りを、ひっきりなしにさまざまな高級車が走り抜けていきます。私もお金は貯まっていく一方でしたから、そこそこ高い車を買えるだけの余裕はありました。しかしそうして手に入れた車に対して、私は愛着を持てるのだろうかと疑問に思ったのです。自分が頑張って汗水垂らして貯めたお金で買えた車だ、だから大切に使っていこう。そういう風に考えられるとは思えなかったのです。

何かをしなければ。焦りと不満が交錯しました。

こんな、何も考えず、ただただ遊んでいるだけでは、本当に馬鹿になってしまう。エレベーターが故障するのを待っている間に、自分の頭が故障してしまいそうでした。

このままでは絶対にいけない。

もっと自分の仕事がしたい。頑張って働いて、その対価としてもらったお金で生活したい。収入よりも自分の存在価値や生きがいを求めていくべきだ。

私は23歳で会社を離れることを決意しました。

現代の働きかたでいえば、入社して3年目あたりに転職を決めるのは珍しい話ではありません。しかし高度経済成長時代は終身雇用がスタンダード、転職は常識的ではなく、卒業と同時に入った会社で勤め上げてこそ正しき人生、といわれるような仕事の価値観でした。時代背景から考えると、私のこの決断というのは極めて珍しいものだったことでしょう。

会社を辞めると決めた後も、周りから止める声が止みませんでした。同僚は「こんなに楽な仕事なのになぜ」と首を傾げていましたし、他の会社に勤める知り合いからは「これほど待遇がいい会社を辞めるのなんて馬鹿げている」と変わり者扱いされたものです。

■激動の１９６４年

辞めてすぐに訪ねたのは、友人の経営していた埼玉県の上尾にある工場でした。根っからの機械いじり大好き人間でしたから、自分にとって理想の生き方は電子工学や機械加工に関わることと確信していました。そこで友人に「俺を雇ってくれ」と頼み込み、1年間限定で修行をさせてもらい、機械加工技術を磨いていくこととしたのです。

工場は時計の部品をつくっていました。給料は前職に比べれば雀の涙ほどでしたが、機械をいじる日々は幸せでした。私の1年間の働きを友人たちも評価してくれ、独立した暁にはうちの仕事を分けてあげるよ、とありがたい声をかけてくれました。

1年の修行の後、私は独立し部品加工製作所を設立します。

この独立を決めた1964年というのは私の人生にとってだけでなく、世の中にとってもさまざまな出来事が起こっていました。

時計部品を製作するための機械類を揃えに東京都北区の尾久に行き、ベンチレースやスライス盤など必要なものを調達しました。この買い物の最中に新潟地震が発生し、石油コンビナートの大規模火災や昭和大橋の落橋など、大規模な被害の報道で都心も混沌としていたことを思い出します。

この地震発生から4か月後には東京オリンピックが開催されました。このときには自分の製作所を立ち上げており、オリンピック競技をテレビ音声だけ聴きながら作業に没頭していたのを記憶しています。世間の関心は地震の悲しみからオリンピックへと移っていました。

東京タワーが立ち、カラー放送が始まり、新幹線が開通し、このころは日本がもっとも浮かれていた時代だったかもしれません。その象徴がオリンピックの熱狂だったと思います。

それら世間のざわつきを横目に、私は製作所の経営を軌道に乗せることに躍起になっていました。まだ設備が充実していたわけではありませんでした。片手に500個くらいつかめるような小さな部品をつくる際は、ルーペ代わりに老眼鏡を使って加工を行うような、工夫しながらの機械加工の日々でした。

小さなものから大きなものまで無我夢中で加工していました。いかに加工精度の高い精密部品をつくれるか、そこに熱中する日々で、それはそれは充実していたものです。

エレベーターの保守点検部に所属し、待機所でくつろぎながら、テレビを通して世間の激動を眺めていたら、このような気持ちにはなれなかったことでしょう。

ものづくりの真髄

■父から受け継いだものづくり精神

高収入を捨ててまで、機械いじりやものづくりの道をこだわるのはなぜなのか。自分でも不思議に思うところなのですが、理由を考えるとするならば、元来の血筋によるところが大きいのかもしれません。

私は１９４０年、青森県八戸に生まれました。日本は第二次世界大戦の最中にあり、父は海軍として戦地へ赴いていました。

終戦とともに父は三井精機工業に入社し、これに伴い私の住まいも転々とするようになります。

青森から親戚の住んでいた東京の蒲田に一時的に住まいを移し、ここからさらに静岡の沼津、滋賀の大津へと引っ越し、埼玉の桶川へと転勤しました。これが小学校の確か3年生くらいの頃で、以来ずっと私は埼玉県民を貫いています。

父は設計士でした。三井精機工業では当時オート三輪をつくっていて、「オリエント」の設計を任されていました。

父はものづくりが大好きな人で、自宅で設計図を広げてあれこれ考えている姿をよく見かけました。決められたスペースの中に必要な装置をどんな順序で埋め込めばいいのか、パズルのような設計の仕事が楽しかったようです。そんな父の背中を見ていたから、私も自然とものづくりに興味を抱くようになっていました。

中学生になると、私は電気工学に夢中となります。放送部に所属して、鉱石ラジオをつくったり、無線でいろいろ遊んでいました。運動会や学園祭といった学校行事の際にはアンプやマイクの調整をやっていたのを覚えています。

高校は東海電波高等学校というところに通っていました。現在は東海大高輪として知られる高校です。

その名の通り電波専門の学校で、通信技術を学びたくてこの学校への進学を望みました。埼玉の桶川から東京の品川まで電車通学です。

当時は湘南新宿ラインのような便利な特急線は走っていません。長い通学時間をかけての登校で、通信が好きでなければ通い切ることができなかったことでしょう。この在学中に親戚から声をかけられ、高校卒業とともにエレベーターメーカーへと就職することになります。

就職1年目の機械加工は本当に楽しくて仕方がありませんでした。ただ目の前にある与えられた作業をするだけでなく、日々工夫をして業務を効率化することも楽しみとしていました。

ノッチングマシンという機械を使って、エレベーターの部品を回転させながらババババッと穴を開けていく作業がありました。これをいかに素早く正確にこなせるかに没頭したことがあり、自分なりに機械を改造して、従来の数倍の効率でこなせるようにしたこともあります。

「効率化しても給料は変わらないのに」と周りは奇異の目で私を見ていましたが、こうやって昨日よりも新しいことをやっていく日々というのが何よりも面白く感じていたものです。この経験が独立への思いをより強固にさせたのだと思います。

■芸術的工作への渇望

独立し、自分の好きなものづくりの世界へ没入することができました。修行していた工場の支援もあって、仕事は順調に受注を増やすことができ、従業員も雇い、少しずつ事業の規模を伸ばすことができました。

安定的に仕事が入り、工場の経営がうまく回っていければそれで満足、という考えもできるでしょうが、私は満足しませんでした。ただ下請けとして注文を受けるだけでなく、新しいことにもチャレンジしたい気持ちがあったのです。

そういったものづくりへのベクトル、最終的なゴールをより明確にしてくれたのは、次のような経験を経たからです。

独立して生活が落ち着いてきたタイミングなので、30歳前後のころだったでしょうか。趣味で狩猟をやるようになりました。狩猟免許を取得して、休みの日に猟銃を背負って、キジやヤマドリを狩るため山林へ入るようになったのです。

この、猟銃というものの機構や設計に私は大いに感動したものです。

銃はもともとは戦争の道具。戦場にはドライバーなど工具を持ち歩く余裕はありません。だから、銃は工具なしでバラバラにでき、持ち運びやメンテナンスがしやすいよう工夫を凝らしています。ネジを締める場所など1つもないのです。それでいて頑丈で壊れにくいのですから素晴らしい構造です。

この無駄のない仕組みには脱帽ものでした。芸術でした。

ものづくりに携わる身なのだから、自分もこのような無駄のない便利な道具をつくってみたい。しかもその道具が、誰でも簡単に使えるようなやさしいものでありたい。

80歳を過ぎてもいまだに暇さえあれば猟へ行く私ですが、猟銃を抱えるたびそのときの思いが蘇ってきます。

これが私にとってのものづくりの原点でありゴールであり、これから登場する開発商品たちは、いずれもその要素を少なからず持ち合わせているのです。

中古のパブリカを駆る

■初めての社用車

つくった部品を協力会社へ納品する際はオートバイを使っていました。後部に部品を詰め込んだ通い箱を括り付けるのです。

悲惨なのが雨の日で、雨水が箱の中に入ってしまうと部品が錆びてしまい、使い物にならなくなってしまうことがありました。

自動車を購入するべきなのは明白でしたが、サラリーマン時代に貯めたお金は製作所の開業資金で底をついていました。事業を回していくだけで手一杯だったのです。オンボロの中古車を買うのさえ厳しい窮状でした。

あるときもいつもと同じようにオートバイで部品を運んでいたところ、砂利道に滑って転倒し部品をばら撒いてしまいました。あわてて砂利と一緒に部品をかき集めて工場に戻り選り分けたのですが、拾い漏れがあり数が合いませんでした。自社と協力会社に損害をもたらしてしまい、こっぴどく叱られ、大いにしょげる出来事でした。

そんな私を見て協力会社の重役が、社用車を買うための資金を提供してくれました。購入したのは中古車、トヨタの小型自動車パブリカです。パブリックカーの名の通り大衆向けに開発されたもので、長く愛され続け、ヴィッツやヤリスなどトヨタが生産していく小型自動車の源となる車種になります。

このパブリカの中古が、私の手にする自動車の第1号となりました。価格は確か20万円ほどだったように思います。１９７０年頃の大卒初任給は4万円ほどだったので、中古のいちばん安いものでさえこの価格となると、20代で車を買うことはなかなか難しい時代でした。新車だとこの3倍以上、60万円はゆうに超えていたと記憶します。

パブリカの導入で、欠品や不良品が減り、おまけにたくさんの量を迅速に運べるようになったので、事業はより軌道に乗るようになりました。

■開発品第1号「ねじ切り装置」

独立してから5年後くらいだったでしょうか、私の人生に新しい局面が訪れます。

部品をつくる工程の中で「なんとか効率化できないものか」と兼ねてから思案していたのがねじ切りでした。

ねじ切りとはつまり、素材に螺旋状のねじ山をつくる作業のことです。作業内容を簡単にいえば、ねじ山をつくるための型（ダイス）に食い込ませ、素材を回転をさせながらねじ切りを行います。

当時のねじ切りというと、ベルトを引っ張ることで回転させながら型に突っ込みねじ山をつけ、また別のベルトを引っ張ることで逆回転させ、できたねじを取り出すという方法でした。

これがいつからか電気で動かすタイプが出てきて、わざわざベルトを引っ張る必要はなく、スイッチ１つで回転させることができるようになりました。

しかしこの電気モーターによる回転というのが一癖あって、回転を止めるタイミングが悪いとねじ山が浅くなったり深くなったりして、要するに品質が安定しなかったのです。

このねじ切り機をよくよく調べてみると、スイッチ部分の物理的な「隙間」に問題があると気がつきました。使用者がスイッチを押したタイミングと、正転と逆転の切り替えに、電車のレールのポイント切り替えのような移動時間が発生するため、若干の時差によって、思うようなねじに仕上がらなかったのです。

「ということは、時差をなくすために、この若干の移動時差をなくせばいいのではないか」

切り替え時の「隙間」をゼロにする。この発想から独自でつくったのが、２段階式による回転の入れ替えでした。1段階式で正転と逆転を切り替えるのではなく、たとえば正転から逆転へ変更させるのであれば、スイッチと逆転部の接点をくっつけてから、正転部をスイッチから切り離すという風にします。こうすることで時差なく瞬時に回転を切り替えることができるようになりました。

この装置の開発は我ながら見事なものでした。面倒だったねじ切りの作業効率は5倍近くにまで上昇です。迅速かつ高品質な納品ができるようになり、取引先からはえらく驚かれました。たくさんの受注をこなすことができ、この自社式ねじ切り装置は製作所の売上に大きく貢献してくれたのです。

■凍死しかけながら売る日々

「これいいねえ。うちにも入れたいからつくってよ、買うからさ」

機械の工具を納品してくれる業者が製作所を訪れた際、私がつくったこのねじ切り装置を気に入ってくれました。さっそく製作したところたいへん喜んでくれて、このときに初めて「これをつくって売れば商売になるのではないか」と気がつきました。

こうして、受注生産に終始していた製作所から、自分たちで商品を売る営業も行うようになります。この機会に社名を「古舘製作所」から「トモエ商会」へと変更し、私1人で商品を売るようになりました。トモエの名は、古舘家の家紋が二つ巴だったことに由来しています。

すでに製作所の仕事は軌道に乗っており、職人もたくさん育っていました。私が現場に立たなくとも経営は回っていける状態です。定年を迎えて私の製作所を手伝ってくれていた父に運営を任せ、私はねじ切り装置を売るため、パプリカを駆って営業する日々が始まりました。

長野県の茅野あたりに小さな工場がたくさんあり、そこを起点に大きな精密機械工場が立ち並んでいた諏訪などを巡って、松本市に向けてねじ切り装置を飛び込み営業で売り込んでいきました。

寒い時期に巡っていたときはこたえました。パプリカにはヒーターの機能などろくになかったので、運転中も凍えそうで仕方がありませんでした。

一度山中でエンジン故障したときは死ぬかと思いました。体を丸めながら夜明けを待ちました。このように凍死しかけた経験が何回かあります。

そんな苦労もありましたが、ねじ切り装置は好評でかなりの数を販売できました。長野県以外にも福島県方面などにも車を駆りましたが、まあよく1人で回ったものだと若いころの自分に感心します。

売ることを目的としていたというよりは、工場の人たちの作業がより楽になって喜んでもらえればというのが起爆剤だったと思います。

そしてこのような、効率化のため、仕事で楽をするための発明アイデアというのが、私のその後のさまざまな商いの礎となってくれるのです。

偶然から生まれた中古車専用クリーナー

■ダッシュボードの頑固すぎる汚れ

それにしてもこの中古車パブリカの汚いこと汚いこと。

いまでは考えられないことですが、当時の中古車は汚れているのが当たり前、走ってくれれば御の字といった代物が定番で、ほとんど手入れがされていない状態で市場に流通していました。それでもすぐに売れてしまうほど自動車の需要が多く供給の少ない時代だったのです。

車体には汚れや傷、窓ガラスは全面が曇っていて見えにくいし、ドアの開閉時は耳障りな悲鳴をあげます。内装もひどいもので、タバコや香水の混ざった不快な匂いがするし、シートは一部が日に焼けていてシミが付いています。前所有者の使っていた痕跡が至るところにあり、それが嫌で仕方がありませんでした。自分なりに洗剤やスプレーを使って対処しましたが、気休め程度にしかなりませんでした。

中でも気になっていたのがダッシュボード部の汚れです。

車のダッシュボード上部は、差し込む陽光が反射して運転手の目を眩まさないよう、デコボコした表面にすることで光を分散させています。このデコボコの隙間に汚れが入り、白い亀裂のような模様が残ってしまうのです。

この汚れをなんとかしようといろいろな洗剤を試したのですが、まったく歯が立ちませんでした。一時的に白い汚れが見えなくなることはあっても、時間が経ち洗剤が乾くとともにまた白いのが目立ってしまいます。

「シートの日焼けやシミは仕方なくても、このダッシュボード上の白だけはなんとかならんものか」

と常々悩んでいました。

あれは、初めて訪問する取引先へ挨拶に行くときのことです。

初対面だしちょっとは格好をつけておこうと、車内で整髪料をつけて髪型を整えていました。

「あっ」

整髪料の入ったボトルへ手を伸ばした拍子に倒してしまい、中身をダッシュボードの上にぶちまけてしまったのです。

急いでその辺に置いてあった布巾で拭き取ったところ、面白い現象が起こりました。

ダッシュボード上の溝部分に付着していた白の汚れが見えなくなったのです。

いくらボディを綺麗に磨けたとしても、ここの汚れだけは隠すことができません。ひと目見れば車の疲労程度がわかる目安でしたから、汚れが見えなくなった事実はとても重要でした。

■汚れ落としの正体

とはいえこれだけでは驚きません。ここまでの出来事はこれまで何度も、いろいろ試してきた洗剤で経験していました。

「どうせ乾いたらまた白くなってしまうのだろう」

私の諦めの予想に反し、その後もダッシュボードは元の黒光を維持したままでした。白の汚れは拭き取れていたのです。

「これは一体全体、どういうことだろうか」

私は整髪料のラベルに書かれている成分をまじまじ見ました。この中にもしかしたら、ダッシュボードをきれいにしてくれる原料があるのかもしれない。もしそれを突き止めることができたら、それは大発見になるのではないか。

興味がわいた私は分析機関に持ち込んで整髪料の成分を事細かに調べてもらいました。そしてそれら成分を1つひとつ調達し、汚れたダッシュボードに垂らして検証していったのです。

その結果、整髪料に含まれている少量の「シリコンオイル」が、溝に埋まった白い汚れをきれいに落としたように隠してくれることが判明したのです。

シリコンオイルは、無色・無臭で不燃性、耐熱や耐寒にも優れ、水を弾く性能も持ち、非常に優れた万能な原料です。金属やゴムなどの潤滑油として使われたり、車体のツヤ出しに使われることもありますし、化粧品や医療品、日用品にもたくさん使われています。撥水性とベタつかない性質から、整髪料にも入っていることがあるのです。

いろいろな用途に役立っているシリコンオイルですが、「汚れたダッシュボードに垂らしてみよう」と思った人はいなかったようです。

まさかここの頑固な汚れたちを軒並みきれいにしてくれるとは誰も発想しなかったのでしょう。偶然の産物ですが、おそらく私が世界で最初にダッシュボードをきれいにできる素材を発見した人間です。

「これはもしかしたらビジネスになるかもしれない」

さっそく私は商品化に乗り出しました。エアゾールメーカーに企画を持ち込み、ダッシュボード専用の洗浄スプレーを開発しようと目論みました。

効果が最大になるよう、主剤のシリコンオイルのほかにもさまざま素材を混ぜつつ、何個か試作。試行錯誤の末に完成し、名前を「レザーワックス」としました。

当初は黒光りしていてきれいと思っていたのですが、新車時よりも光っていては問題があると光を調整、新車に近い鈍い光沢へと変更しました。

その後さらにバージョンアップし、滑りを抑えるといった開発を続けました。

時代は１９７０年台半ば、私が35歳前後のことです。

中古車販売店のジレンマ

■美しい中古車は嫌われる

「これはすごいものができた」

レザーワックスの効果は絶大でした。これまで太刀打ちできなかったダッシュボードの汚れをいともあっさりとやっつけてしまうのです。自画自賛ですが、大発明品だと確信しました。

「ダッシュボードの汚れが気になっている人は私以外にもたくさんいるはず。レザーワックスを中古車販売店に売り込めばたくさん買ってもらえるはずだ」

ねじ切り装置を売りに工場を巡っていた経験を活かし、今度はレザーワックスを抱えて中古車販売店へと営業をかけました。

中古車販売店にある中古車で、ダッシュボードの汚れていない車はありません。目の前で実践してみせれば、営業は容易いものでした。

「おお、これはいいね。何個か置いていってよ」

レザーワックスの効果を目の当たりにした中古車販売店の責任者は躊躇なく取引をしてくれました。

こうして1軒1軒、私1人で店を巡り、ポツポツと取引先を増やしていくことができたのです。

しかし一方で、

「こんなきれいになっちゃ売れないよ」

と渋い顔をするオーナーもいました。きれいなほうが見栄えはいいのに、むしろ売れなくなってしまうとはどういうことでしょうか。

「これだけ汚れがないと、お客さんに『事故車じゃないか』『車内で人が死んだんじゃないか』なんて思われちゃうかもしれないだろ」

中古車がきれいすぎると「いわくつきかも」と邪推されてしまう。そういうのです。

きれいな中古車が店頭に並ぶわけがない。そんな価値観がスタンダードだったからこそ、そういった発想を持たれてしまうのでしょう。

売れるにはきれいにしておくほうが望ましい。しかしきれい過ぎると売れない、というジレンマを中古車販売店は抱えていたわけです。

「それでしたら、車を展示している間はダッシュボードは汚いままでいてください。そして、納車のときにはきれいにできます、とお客さんに伝えてください。きっとお客さんは喜んでくれますから」

そのように営業することで販売につなげることができました。後日そのお店を訪ねると、オーナーが喜んで私のところへやって来ました。

「お客さん、すごいびっくりしていたよ。こんなにきれいな中古車は見たことがないって。知り合いにもうちを紹介してくれるって！」

それはそうでしょう。ダッシュボードがあれほどきれいな状態で提供できる中古車販売店は、私の商品を買っているお店だけなのですから。

■泥棒扱いされることも……

なかなか取引成立に至れない、攻略に難儀する中古車販売店もありました。交渉以前の問題で、門前払いされてしまうのです。

先方は毎日業務で忙しくしています。しかもひっきりなしにカーケア用品や工具などの商材を売り込む営業が訪れるため、いちいち相手にする気が起きないのです。

「なんの営業だか知らんが、忙しいからあっちに行ってくれ」と煙たがれ、商品を紹介する隙すら与えてもらえませんでした。従業員たちに「何か盗まれるかもしれないからよく見張っておけよ」と警告し、邪魔者扱いする店もあるほどでした。

熱心に通い続けることで顔を覚えてもらい商談につなげる、という作戦もあるでしょうが、あまりに営業が来るので「先月も来たんですけど」といっても「覚えてない」と素っ気なく返されてしまう始末。置いていった名刺も即ゴミ箱行きか、どこか書類やら工具やら機材の山の中に埋もれてしまっていることでしょう。

商品を見てもらうまでの段階にいけない。これは由々しき事態でした。

使ってもらえたら、絶対に喜んでもらえるのに。営業すればするほど煙たがれる。もどかしいジレンマを抱きながら販売店を後にしたものでした。

なにかいい戦略はないものか。商品に興味をもってくれない、話も聞いてくれない中古車販売店を攻略営業する手立てを模索する日々がしばらく続いたのです。

商品を売らず喧嘩を売る

■忘れられないための戦略

試行錯誤の果てに編み出した戦略は、商品ではなく喧嘩を売る営業手法でした。

無論、感情任せに暴言や暴力を振るう類の喧嘩ではありません。相手の心を焚き付けて、記憶に焼き付けて、販売につなげる手法です。

作戦の肝はここです。レザーワックスよりもまず、巡回営業をしている私に興味をもってもらうことです。そこで印象づけのため、初めて訪れた中古車販売店を罵倒しまくり、「怨恨」を生み出します。

「この中古車屋は売り方を何もわかってないですね。素人同然です」

「車の並びかたがなってません。これじゃあお客さんが寄り付かないのも当然です」

「そんな車の手入れの仕方だとお客さんは納得してくれませんよ」

目についた欠点部分を隅から隅まで突いていきました。挙句には、

「このまま何も改善しないでいたら他社にお客さんを取られ続けて、いずれは廃業することになりますよ」

そんな脅しのようなことまでいってのけました。営業に行っても取り合ってくれない腹いせではありません。これも戦略的喧嘩の内です。

このようにひたすら罵倒だけして、商品の話は一切せず、店を出ていきます。飛び込み営業のいうことになんてまったく耳を傾けない責任者ですが、罵倒はさすがに聞き捨てなりません。当然「なんだこいつは」「生意気だ」と思うでしょうし、営業せず罵倒だけする私を変わり者と見たことでしょう。深く記憶の底に私のことを刻むことができれば第一段階は完了です。

■煽りに煽って信頼関係構築

ある中古車販売店の店長は、私のこの喧嘩腰の姿勢に対して怒り心頭で、しばらく仕事が手に付

かないほどだったそうです。

翌月に再び訪問してみると、「また来たか」と、私のことをきちんと覚えてくれていました。決して歓迎されている雰囲気ではありませんでしたが。

しかしこれで戦略の第一段階は突破です。再訪時、店内が1か月前と同じままだとわかるや否や私はこう嘆きます。

「前と同じままですね、お客さんに寄り添った商品の並べかたができていないし、車の手入れも甘い。ここは本当に素人の集まりですね。廃業まっしぐらだ」

ととことん煽ります。煽るだけ煽って、またも商品の営業はせず、去っていくのです。

店長はカッカと怒りがぶり返していることでしょう。しかし冷静になるにつれ、改めて自店舗内や売り物の中古車を見渡し、「あいつのいうこともまんざらではない」と感じ、私の指摘した改善点をわずかに施すのでした。

３回目の訪問時、店内の様子も、店長の私への態度も、がらり一変しています。

「あんたのいった通りにやったら業績が伸びたよ」

本来なら営業員がやってきても門前払いの人が、いまでは私のことを歓迎します。おまけに「次はどこを直したらいい？」と向こうから尋ねてくる始末です。

私は要望に応え、さらに改善すべきポイントを伝えました。そんなやりとりをいくらか重ねた後、最後にこういわれたのです。

「ところでおたくさん、何を販売している人なの?」

この言葉を引き出すことができればゲームセット、私の喧嘩営業手法の勝利となります。

相手から売り物を訪ねてくれる。これほど売りやすい状況はありません。すでに信頼関係は築けており、私のすすめるものはいいものだと信じてくれています。こちらの売り物に対しても疑問を持たずに受け入れてくれます。しかもその商品は本当にいいものですし、こちらも自信があります。

「これを使えばダッシュボードがきれいになるので、さらにお客さんは喜んでくれますよ。ぜひ一度使ってみてください」

まずは使ってもらうこと。ここまで来れば私の仕事は完了です。効果を知ってもらえれば、あとは自動的に注文が入るようになります。

■おすすめできない非常識営業手法

商品を売るのではなく、まず喧嘩を売る。相手の記憶に残る戦法で、なかなか営業段階に至れない中古車販売店にも積極果敢に切り込んでいき、順調に販売実績を伸ばすことができました。作戦成功です。

とはいえ、この戦略は万能ではありません。会社に所属するいち営業員が真似できる技ではないでしょう。自分で生み出したものを自分で売るという営業スタイルだったからこそ可能だった芸当です。

たった1人での営業ではありましたが、このような戦略の効能もあって納入先は地道に増えていき、加えて口コミでも新規開拓できていたので、レザーワックス販売事業は右肩上がりの成長を遂げました。もちろん中古車販売店にも大いに喜んでもらえました。

中古車をきれいにするための専用商品が存在しない時代に販売を開始したのは追い風でした。各中古車販売店も、既存の洗剤で試行錯誤していたため、ダッシュボード専用のレザーワックスはまさに痒いところに手の届くような代物だったはずです。

大手のカーケア用品メーカーも、未熟な中古車業界において、専用の商品に大きな市場があるとは思っていなかったことでしょう。だからこそ私のような小さい規模でも切り込む隙間があったといえます。

市場は私たちの想像をはるかに超えるくらい、需要はありました。

「もっと中古車をきれいに仕上げたい」と願う中古車販売店はたくさん存在し、よりきれいな状態の中古車に乗りたい消費者も多数いたわけです。そしてその事実が少しずつ明るみに出るやいなや、中古車周りの市場競争は一挙激化することになります。私も次のフェーズへと進む必要がありました。

「いいものができたから使ってほしい」が行動のエンジン

■ニッチな市場が追い風となる

１９６０年代、日本は自動車が普及し生活必需品化する「モータリゼーション」の大波が押し寄せました。ところが中古車市場は、品質や流通の平準化が成熟の兆しを見せることはなく、いわばカオスの様相を呈していました。

中古車を新品に近いくらいに復元させて売る、という発想など微塵もない時代です。走ればそれでいい、くらいの納得感で取り引きが成立するのが定番でした。多くの人は新車を買うことに憧れを抱いていましたし、中古車事業はニッチな産業だったといえます。

「需要の小さい業界」と思われていたからこそ、中古車専用の商品も生み出されることはありませんでした。

たまたまの偶然から生み出されたレザーワックスをヒットさせることができたのは、こういった市場背景も追い風だったといえます。

ただ断言したいのは、私自身にビジネス的な才覚はなかったことです。現代の言葉でいうところのイノベーションを起こそうとか、中古車業界に旋風を巻き起こしたいとか、中古車の価値観を変えたいとか、そういう気持ちは微塵ももち合わせないままで営業活動を続けていました。

単純に、

「いいものができたから使ってほしい」

という気持ち１つで売り込みを続けてきたのです。

いい商品を使って中古車をきれいにしてもらって、販売店の人や中古車を買った人が喜んでくれれば、それで十分という気分でした。

■いいものはパクられる

ものづくり一辺倒でビジネスに疎い私ですから、脇の甘いところがありました。

あるケミカル製品の開発企業に売り込みに行ったときのことです。

私のプレゼンしたレザーワックスの効果に、先方の反響は上々でした。

「きっとレザーワックスを採用し、販売してくれるだろう」

という確かな感触があったのですが、後日にもらった返答はまったく予想しないものでした。

「あの後いろいろ調べてみたら、すでにうちの研究室で同じようなものをつくっていて、近々商品化する予定だったんだ。だからおたくの商品は採用できないよ」

プレゼン時とは打って変わっての冷徹な言葉でした。

それからしばらくして、本当にその企業はレザーワックスと似たような商品をリリースしました。本当に、すでに研究していたのだろうか。提供したレザーワックスを研究室に持ち込んで分析し「これならうちだけの技術で簡単に量産できる」と判断し、急いで自社開発したのではないか。そんな邪推をしてしまいたくなる、冷ややかで素っ気ない仕打ちでした。

自分の甘さを痛感しました。販売代理店ではなく研究開発を主事業にしているところへ持ち込んだのがまず間違いでした。レザーワックスを提供したのもよくないですし、そもそもレザーワックスがどこにでもあるありふれたシリコンにちょっと一手間かけただけのシンプルなものであったことも災いしました。

実際、レザーワックスの評判を知った他社がこぞって類似品を次々と生み出していました。

「いいものができたから、たくさんの人に使ってほしい」

という純粋な気持ちだけで方々へ売り込んでいましたが、それはビジネスにおいては大きな失敗を招く元になると、身をもって味わうこととなったのです。

■運と努力の関係

とはいえ、私は事業の前途に絶望したわけではありません。むしろ前向きです。

ダッシュボード専用のクリーナーを最初につくったのは私でしたし、品質でも他社より優れているのは間違いありません。

「模倣品で安いの使ってみたけど、やっぱり古舘さんとこのクリーナーが一番だよ」と、一度は離れてしまっても戻ってくる取引先は大勢いました。これが私にとって揺るがない自信の源となります。

市場が激化しつつある中でも利益は出せていましたから、次の開発への資金はできていました。

「またいいものをつくって、たくさん使ってもらう」

ポジティブというか、お金儲けに対してあまりがつがつしていないタイプの人間でした。やはり根っからのものづくり好きなのです。

第三代アメリカ合衆国大統領トーマス・ジェファーソンの残した言葉で私が好きなものがあります。

「私は、運の存在を強く信じている。そして、運は、努力すればするほど、付いてくることを、私は知っている」

整髪料をこぼしたらダッシュボードがきれいになった。

運よく新しい発見をして、「何が起きているのだろう」と突き止めようとする探究心から、私は新しい扉を開くことが叶いました。

この後も、その探求の気持ちを捨てずがむしゃらに試行錯誤をしてったから、たくさんの運に恵まれることとなります。

　商品開発というのは地道なテストの繰り返しで、深夜に及ぶことも多々あり、失敗を何度も重ねることは茶飯事です。それでも時間を忘れ打ち込めるのは、完成したときの喜びを知っているから。このようなハイな状況を維持できると、自分であって自分ではない卓越した境地に達し、素晴らしいイメージが次々とわいてきて、その延長上で新しい商品が誕生します。

「失敗は成功のもと」とはよく言われることですが、失敗の中に成功が内在し、失敗の皮が少しずつ薄くなって成功が頭角を表すのだと思います。

　諦めることもあるけれど経験は残りますから、同じ失敗はなくなります。

　失敗が多いときはほかの業界を観察することで新発見につながります。私の場合、幕張メッセや東京ビッグサイトで催されるギフトショーや工作機械展がガスステーション的な役割を担ってくれています。奇抜なアイデアや創作のエネルギーを吸収すると、抱えている課題を打破する発想の逆転やアイデアを発見することができるのです。

　研究開発に没頭するのはいいのですが、同じ穴の中でうろうろしていても新しいものは見つかりません。発想に行き詰まったら外へ出るに限ります。キャンピングカーで当てもなく出かけ、釣りやキャンプに興じることもあります。

　頭を一旦空っぽにする。とても大切なことです。

第3章　商いは「欲まみれ」であれ

新商品開発の日々

■答えは現場の声にある

レザーワックスの開発によって、図らずも中古車業界へ足を踏み入れることになった私。レザーワックスに続く、中古車クリーニングに携われる人たちの仕事を助ける商品を開発しようと、調査と研究の毎日でした。

自分1人の頭の中で考えても埒があきません。現場から声を引き出すことに力を注ぎました。レザーワックス納品のついでに取引先のオーナーや作業スタッフとコミュニケーションをとり、どういったクリーニング用品があればより仕事が楽になるかとヒヤリングしていったのです。

私がかつてダッシュボードの白い汚れを取り除きたいと願っていたように、現場からさまざまな「きれいにしたい要望」が出てきました。

このころは次から次へと商品を開発し、評判のよかったものもあれば、いまいちだったものもありましたし、開発途中で断念した企画もありました。

初期に開発したもので記憶に残っているのがガラスクリーナーです。

当時はまだ自動車専用のガラスクリーナーというのはなかったと記憶しています。自動車の窓を掃除する際は、ありふれた窓ガラス用の洗剤で、一般ユーザーもクリーニングのプロもまかなっていました。

しかし自動車ガラスは窓ガラスとは違った素材でできているため、既存商品ではどうしても透明感を出せるほどにはきれいにならなかったのです。現場で働くスタッフからも「どうしても曇っちゃうんだよねえ」「拭いた後があからさまに残ってしまう」といった悩みの声が上がっていました。

そこで市販の窓ガラスクリーナーを細かく分析したところ、白いモヤが残ってしまう原因素材を突き止めることができました。この商品をつくっているメーカーに直談判し、その素材を入れないタイプのクリーナーをつくってもらうよう要請しました。

こうしてできた自動車窓ガラス専用クリーナーは、すっと手が向こうに抜けてしまうのではないかというくらい、透明感のある窓ガラスに仕上げることができました。この商品はたいへん現場の方々に喜ばれました。

タイヤ専用のワックスというのも、この当時は大したものがありませんでした。光沢は出せるのですが、それがむしろ違和感を抱くのです。

新車のタイヤはそういった光を反射するものではなく、黒々とした存在感を放っています。これに近い状態へ復元できるワックスをつくりたいと思いました。そこでレザーワックスの応用で、シリコンをベースとした新しいタイプの専用ワックスを開発し、これもまた多くの取引先に使ってもらえました。

ほかにも車内クリーナーやボンネットの裏面やエンジンルームのクリーナー、レザー部分の汚れ落とし、布シートの染み抜きなどなど、さまざまなものを開発しました。

既存の商品も実際に試してみて、いいものがあったら、たくさん仕入れて取引先へ卸していきました。さしづめ中古車クリーニング専門の商社です。

■経営者というより発明家

いまもなお安定的な需要を維持している開発商品に、ダブルアクションポリッシャーがあります。車体の仕上げ磨きに使うもので、回転運動と偏芯運動という2つの動きで磨いていくのが特徴です。

一般のタイプは、車体とポリッシャーの接している部分のうち、外側の部分だけで磨いていくことになります。内側は運動の軸の役割となっているため磨く役割を負いません。これを改良して、外側と内側どこでも一律に磨けるタイプを開発しました。車体を満遍なく磨け、時短にもつながるのが特長です。

これはもうかれこれ40年以上、安定的に売れています。

ところが、製造を請け負っていた工場が建物の老朽化と人手不足によって、閉業してしまいました。それでも取引先から注文は入るので、これまでなんとか在庫で踏ん張っていましたが、このほど海外の工場と契約しました生産するようになっています。

といった具合で、商品の開発も担う商社といえれば聞こえはいいですが、開発は私1人だったので、私は社長とか経営者というよりは発明家に近い存在です。お客さんから要望をつかんだら、勝手に1人で作業室に閉じこもって研究開発を始めてしまいます。

儲けることにさして欲はなく、つくることに対しての欲求に満ちあふれていました。新しくて便利なものを開発してみんなに喜ばれたい。そんな欲にもまみれながら開発に勤しんでいます。最近では太陽光パネル洗浄システムや、車両を洗浄するシステムの新しい特許も取得しています。周りの社員からは「また何か始めたぞ」くらいにしか思われず、私は開発に熱中することができました。失敗に終わることもしばしばありましたが、この繰り返しが本当に楽しくて幸せなのです。

「販売しない」経営スタイルへ

■洗車のプロ向けに実演販売

現場の要望を満たした中古車専用のクリーニング用品が充実していくにつれて、納品先の中古車販売店の中古車の質は上がっていくはずです。

しかし質の高い商品を仕入れていても、使い方に間違いがあって、クリーニングの仕上がりが思い通りにならない販売店も少なからずありました。

この現実を目の当たりにした段階から新たに着手したのが、商品を正しく使ってもらうためのレクチャーでした。

自分で開発した商品にしろ他社から仕入れている商品にしろ、自分が何回も実際に試して、きれいに仕上がる最適化を編み出しているので、私が誰よりもうまく扱える自信がありました。その最適化を、商品を買ってくれた販売店に手取り足取り伝授するようになったのです。

たとえば洗剤は濃度がポイントです。水が多めだと汚れが取り切れませんし、洗剤が濃すぎると洗剤液が残ってしまい車体がくぐもってしまいます。現場で働く人たちはこの洗剤の濃度というのを定量化せず、彼らの勘だけでやっているケースが大半を占めていました。これでは担当者によって仕上がりはまちまちとなり、品質の均一化は見込めません。

なので私のほうでさまざまな濃度を試し、ベストな配合を編み出したのです。「この洗剤は必ず水9に対して洗剤1、10倍に薄めて使ってください」と黄金の比率を伝え、現場の技術者全員に共有するように指導していきました。

商店街やショッピングモールなどで目にする実演販売。これの大衆向けではなく技術者向けのようなことをやっていたわけです。

レクチャー料は無料。買ってもらえれば利益になるのでそれでよし。指導そのものに対して見返りがもらえるなんて期待は微塵ももっていませんでした。「商品を買うから使いかたを教えてほしい」といわれれば、全国どこへでも飛んでいきました。

一度信頼を築ければ、あとは定期的に商品を納品しに行けばいいだけです。「在庫見て適当に補充しておいて」といわれ、勝手に倉庫へ行き、足りないものを補充して、経理の人に精算してもらう。そんな風に業務が最大効率化された取引先もいくつかありました。

使いかたのレクチャーというちょっとした価値を付加することで、商品の販促活動をせずとも、自動的に売れていく仕組みづくりを確立することができました。

■中古車復元のシステム化

「カーディテーリング」という言葉があるのを知ったのはこのころ、1970年代の後半あたりだったと思います。

中古車の細部（ディテール）にまでこだわって手入れをしていき、新車に極限まで仕上げていく技術。カーディテーリングを知ったとき、なるほど自分もこの業種の中で働いていたのか、と合点がいったのを覚えています。

アメリカでこの言葉が生まれたのは、中古車が一気に市場を盛り上げていく1960年代頃といわれています。日本ではその当時はおろか、私がカーディテーリングを知る1970年代に入っても定着していませんでしたし、現在も車業界の外にいる人には初耳の言葉かもしれません。

カーディテーリングがもっとも活気づいていたときは、アメリカのロサンゼルスで、ステージの上で中古車を新車同様に復元させるショーなんてのも繰り広げられていました。さらにそのショーで演じてみせた工程をシステム化し、道具のセットとともに販売して儲けているビジネスが確立されているのだとか。

「一連の自社商品を用いた中古車クリーニングのテクニックをシステム化して、誰もが同じ品質できれいにできる仕組みづくり。私にもできるのではないか」

アメリカで大きな市場を築いているのだから、日本でも火がつくのは時間の問題です。すでにシステムの基盤は現場レクチャーでできあがっています。

実演販売の発展版、まだ日本では誰も本格化させていなかった新しい事業、ディテールにこだわった中古車復元のシステム化へと挑戦しました。

このシステムもすこぶる評判がよく、あわせて商品も飛ぶように売れていきました。商品の儲けだけで十分なので、システムテクニックもこれまた無料としていました。

このころになると日本の中古車市場も成長し、大手自動車ディーラーでも中古車販売に力を入れ始めるようになります。かつては大手ディーラーが下取りした中古車は小さな販売店へ卸すのが定石でしたが、大手で中古車部門を立ち上げ、自社内できれいに中古車を仕上げ直して再販する仕組みづくりに熱を入れるようになったのです。

そしてこの新しい流れが、私のカーディテーリング事業のさらなる追い風となるのでした。

いすゞからのラブコール

■マニュアル抱え全国行脚

あれはいつものように、長野県諏訪にある中古車販売店へ商品を納めに行ったときのことでした。その販売店ではいすゞのディーラー事業も担っていて、オーナーが私にこう声をかけてきたのです。

「今ちょうどいすゞの重役さんが来てるから、中古車をきれいにするところを見せてやってよ」

その重役の方は、以前から私の噂をオーナーから聞き及んでいたようで、タイミングが合えば私の実演を見てみたかったとのことでした。

重役を前に、ディテールにこだわった中古車復元システムを披露している間、重役は感心しっぱなしでした。そして一通り見届けると、「ぜひ本社まで来てデモンストレーションしてくれ」とオファーされたのです。

こうして私のカークリーニングシステムは一気に拡大のチャンスを得ました。

当時いすゞの本社があった南大井へ赴き、本社役員や中古車ディーラー部門の責任者たちを前に再びの実演披露です。実際に彼らにも手を動かしてもらい、中古車復元のコツをつかんでもらいました。

そしてさらに次のようなオファーを受けたのです。

「このシステムをマニュアル化して、ディーラー各支部向けに共有したい」

引き受けない手はありませんでした。

かくしてできあがった、いすゞ専用のマニュアル第一号「イスズ・アピアランス・リコンデション・システム」、これは1985年のころでした。

当時のいすゞは117クーペを筆頭に乗用車をつくっていました。当初はこれらの中古車をきれいにする手法を記載したマニュアルだけでしたが、さらにトラックにも応用できるようシステムを改良していきました。

このマニュアルを携えて全国のいすゞ中古車ディーラーを駆け巡り、中古車復元のテクニックを伝え広めていったのです。

ちなみにこの「布教活動」ももちろん無償の奉仕、一方で商品を爆買いしてくれる大口顧客をゲットできたわけですから、利益も一気に伸びていきました。

■カーディテーリング協会の立ち上げ

マニュアルができたのを皮切りに社名も「ジョイボンド」へと変更、私の仕事の内容も一気に変貌を遂げていきました。

いすゞの中古車がきれいな状態で販売されているのを見て、他の大手メーカーも探りを入れるようになります。「ジョイボンドという会社が絡んでいるらしい」という情報をキャッチするや否や、私のところへ大手の中古車部門責任者が駆け込んできました。

ホンダ（ホンダ・アイドマシステム）や日産（日産カーリフレッシュシステム）が続き、マツダ・スズキ・トヨタ・ダイハツを束ねて整備システムを展開している整備会社からも要請があり、方々へマニュアルを展開していきました。

といっても車体や部品に大きな差はないので、マニュアル内で写真掲載する車を発注メーカーのものに変えるだけで、文言の類は使い回しで済みました。

もっともエネルギーを注いだのは教えて回ることです。手取り足取り伝え、自社開発商品を使って中古車を新車同様にまで復元するテクニックを、現場の方々に身につけてもらいました。

当初の段階でいすゞと専属契約を結んでいたら、これほど多様なメーカーと取引はできなかったことでしょう。カーディテーリングのノウハウを無償で提供する分、囲われることなく他企業にも営業を行えた点は、事業を拡大する上で大きかったです。

間もなくして、中古車をきれいにすることに特化したカークリーニング施工業者も多くなり、クリーニング技術の格差も激化の一途となります。クレーム沙汰となる案件も増え、カークリーニング業界全体の沽券に関わる事態にも出くわすようになりました。

品質の保証や技術の向上と均一化を図るため、日本カーディテーリング協会を立ち上げたのもこの時代の話。いまも別の会社に譲り、日本のカーディテーリングの技術均一化に一役買っています。

儲かる販売店、儲からない販売店

■実地調査で得た商売の成功法則

自社商品を使って車をきれいにしている販売店が、中小・大手問わず増えていくにつれ、ある不可解なことに気づくようになりました。

同じクリーニング商品で、私のマニュアルに従い、レクチャーした通りに中古車をきれいに仕上げているのに、売れ行きのいいところとそうでないところがあるのです。

私がそこまで面倒を見る必要はないのかもしれませんが、私と取引のあるすべての店に繁盛してほしいという強い欲求が、私の心中に常にありました。自社の商品を使ってくれているのになかなか中古車が売れずしょげている販売店を、なんとかして救いたかったのです。

そこで、マニュアル化による技術向上に次いで始めたのが「調査」でした。

儲かっている販売店と儲からない販売店、各々の店舗につきっきりで張り込みます。立地や外観から始まり、販売している中古車の種類や並べかた、現地を訪れる客の傾向や、彼らが何を見て回っているか、そして対応する営業員たちの営業の仕方など、事細かに調べ、項目ごと書き留めていきました。

すると、中古車販売店へ足を運ぶ客の心理が手に取るようにわかってきたのです。さらに、売れているところと売れていないところの違いがはっきり浮き彫りとなりました。

たとえば、敷地に入ってすぐのところにオフィスが設置してある中古車販売店は、客に嫌がられる傾向にあることがわかりました。

レンタカー屋であれば、受付所は入口に横付けされていると便利ですが、中古車販売店がそういったつくりになっていると「いきなり営業員が寄ってくるのではないか」と警戒してしまうのです。オフィスの中から道路を行く人や車に向けて、営業員の熱い視線が注がれていたら、なおさらお客の足を遠ざけることになってしまうでしょう。

儲かる販売店と儲からない販売店を比較した結果、オフィスは敷地入り口から対角線上が望ましいことがわかりました。北東側に出入り口があるなら、オフィスは南西側の端っこが理想です。事務所が道路側からは見えない深いところにあるほど、お客はふらり立ち寄る気分をわかせやすいということです。

すでに道路側に面してオフィスを建ててしまっている販売店は取り返しがつかない、というわけでもありません。実際にそういった店舗では、入り口を複数用意してもらうようにします。オフィスに遠いほうから敷地内へ入るよう誘導をつくるように助言し、店内へ入る客数の確保に努めさせました。

■売れる車は奥にしまう

細かい話だと客の目の動きにも大きな気づきがありました。横文字を目で追うときと同様に、私たち日本人は自然と左から右へ視線を移すことで知られています。さまざまな商店でも、棚に商品を陳列する際は、客に買ってほしい目玉商品を左上に置くのが定番とされています。

ずらり車がラインナップされた中古車販売店内では、客は入り口から入った直後、まず左に並ぶ車たちを物色するのです。

この特性を把握している販売店オーナーでやりがちな采配は、売れ筋の車を左に置くことです。しかしこれは間違いです。目玉商品を置くことは確かに定番なのですが、それは売れ筋商品のことではなく、あくまで「販売店側にとって見てほしい車」を置くことが肝要。売れ筋商品は黙ってても売れます。そういった車は客の視界に入るまでの優先度を下げ、右に置いておくようにしましょう。

売れない販売店が一番やりがちだったのは、巷で人気の車をイチオシ商品として、道路からでも見える一等地に置いてアピールすることです。確かに「お、あの車」と色めきたって販売店を訪れる客は多いかもしれません。しかしこの時点で客には「最前に出すほど売りたい商品なのだから値切り交渉できるだろう」といった心理ができあがっているもの。交渉の入り口段階で、客優位な力関係が築かれてしまうのです。値切ってくれなきゃ買わないというスタンスの、購入までの道のりが遠い人が集まってくる傾向です。

商取引では、できる限り営業員が有利な立場になれるような、交渉までの誘導線を引く努力がポイントです。そこであえて、誰もが喉から手が出るほど欲しがる人気の車は、敷地の奥のほうに置いておきます。一番奥にオフィスがあるなら、オフィスのすぐ横で決まり。

人気の車なのになぜそんな奥まった見えないところに置くのか。もったいないように思うかもしれませんが、この配置によって客に「もしかしてもう買い手がついているのかもしれない」という焦りの心理を抱かせることができます。

実際にすでに興味をもっている客がほかにいるのだとしたら「気に入っているお客さまがいるのでもう奥に置いていてるんです」といってのけてしまえばいいのです。本当に、心の底から、その車が欲しい人は次のような言葉を発することでしょう。

「ちょっと高くてもいいから買いたい」

■集積データの価値

このような1つひとつの細かい意図によってつくられた、さまざまな仕掛けや気配りが、儲かる販売店には施されている。この事実が私の綿密な調査でわかってきたわけです。

この調査結果を元に、儲かっていない販売店にアドバイスすることで、売上を伸ばすことに成功したところも出てきました。

売上が伸びるほど仕入れる中古車も増える。中古車をきれいにするための商品たちも売れる。いい車に出会えて客も喜ぶ。私の会社、販売店、購入者、まさに「三方よし」の、関わるすべての方にとって理想的な関係を創出していくことができました。

この、儲かっている販売店と儲からない販売店に密着した集積したデータは、それだけで非常に大きな価値があったようです。

私は惜しみなく大手や中小の販売店に共有していったのですが、どこからどうやって漏れたのか、ある日本最大級の某コンサルティング会社の手にもデータが渡っていました。そこの人と会ったときにこういわれたことがあります。

「重宝しています。これを有効利用すれば、私たちなら10年は食べられますよ」

冗談だか本気なのかわかりませんが、価値の高さを裏付ける、私の頑張りが報われる最大の賛辞ととらえることにしました。

「情報だけで食べていける」という発想がまだ乏しかった時代の話です。商品を売ることばかりに固執していたので、まさか張り込み調査のデータで商売できるとは思いもよりませんでした。

私の販売店への寄り添いかたは、今でいうコンサルタントに近いのでしょう。中古車販売店専門のコンサルタントです。

情報を門外不出にして、囲っていたら、もっと大きなビジネスチャンスとなったかもしれません。

しかしそう思う一方で、これだけ大っぴらに情報を公開していたからこそ、ここまで私のつくった商品が全国へ拡大していったとも感じるわけです。商品をたくさんの人に使ってもらい、喜んでもらいたい。その一心で商売してきましたから、やはり後者のやりかたで私は間違っていなかったということでしょう。

営業員はアドバイザーであれ

■嫌われる「べったり営業」

オフィスの位置や中古車の並べかたの話をしましたが、とはいえやはり販売店の売上を大きく左右するものといえば、営業の仕方に間違いありません。儲かっているところとそうでないところでは、営業手法に雲泥の差がありました。

まずダメな営業の仕方ですが、客が敷地に入ってくるなり早足で近づき、べったりついてまわります。そして客が視線を注いだ車ごと、スペックだとか特徴だとかをアピールする、まるで専属ガイドのような営業をします。

洋服屋でもなんでもそうですが、こういうべったり営業は嫌われる傾向にあります。最近ではあまり見られなくなったかもしれませんが、当時はこれが商品を物色する客への定番中の定番の営業手法でした。

客と営業員が意気投合し話が盛り上がれば前途洋々ですが、多くは淡々とした雰囲気のまま事が進んでいきます。下手をすれば「こっちは静かに1人で見ていたいんだ、下がってくれ」と叱られてしまうこともあることでしょう。

結局のところ「ここの営業はしつこい」とジャッジされ、早々と店を後にされてしまうのが関の山。敷地の外に出られてしまったら、営業員もなす術がありません。ばつが悪そうに、売り物の中古車に付いている埃を払ったり、立て看板やのぼりの位置を直した後、そそくさと事務所へ戻っていくことになります。

私はよく、販売店の営業員が集まった研修の場で、彼らに向けてこのように尋ねています。

「10人のお客さまが立て続けに入ってきたとして、自分1人だけで何人に営業をかけることができるでしょうか」

多くの営業員が「せいぜい2人か3人程度しか声をかけられない」と答えます。

このような答えが返ってくるのは、先ほどのべったり営業をイメージしているからです。

「10人全員に営業を仕掛ける方法があるんです」

そういうと皆さんまさかという反応をします。

「お客さま1組あたり、1分弱の説明をするだけで十分なんです」

■たった1分の説明で客の信頼を得る

たった1分で、一体全体、何を説明すればいいのか。

中古車販売店の営業員は、扱っている車それぞれのいいところを伝えようと必死になるのですが、じつはそんなことは不要です。次のたった2点の説明を心がければいいだけです。

・どういった車を置いてあるかの大まかな説明
・気をつけて観察してほしい箇所の説明

1点目は、単なる販売店の自己紹介です。「とにかく安さが売り」「トヨタ系列の車種が多い」といったように、端的に伝えることがポイントです。

問題は2点目です。いい中古車の見つけかたをさらっと伝えること、ここが重要となります。もっと厳密に表現するなら、中古車の販売ですから、「どういうところが汚れているか」を教えてあげましょう。

1960年代の中古車は汚いのが当たり前でしたが、このころになると、中古車販売店の中古車はどこもピカピカの状態に仕上げられています。少なくとも外見上は。ですからぱっと見では、どの販売店もさして質の違いは感じ取れません。

注目すべきは人目につかない細かい部分。たとえば「ヒンジ」と呼ばれる、ドアを開閉するための蝶番の状態が、中古車の質を判断する材料となります。このなかなか着目されない細部に着目することで、中古車ないし中古車販売店のよし悪しを見極めることができます。

ですから、営業員は手近な販売車のドアを開けてヒンジを指差しながら「ここがきれいに手入れされている中古車を選べば、新車と同等くらいに長く使える中古車を手にすることができます」と伝えればいいわけです。

以上の2点を伝えることができたら、「ゆっくり見ていってください」「ご不明のことなどあればお尋ねください」、さらに「ほかにもこの辺はたくさん中古車店があるので、時間があればそちらにも足を運び比較してみてください」と客にいえるくらいの余裕が必要です。あとは踵を返し、オフィスへ戻るか、次の客のところへ、同様の1分ほどの説明をしに向かいます。

アドバイスを受けた客は「なるほどヒンジってところを見れば中古車の質がわかるのか」と理解し、気になった車は片っ端からドアを開いてヒンジ部を確認します。

当然のことながら、このアドバイスを提供した中古車販売店の車たちのヒンジは軒並みきれいに手入れされていることでしょう。その中でもとくに気に入った車があれば、即決で購入に踏み切ることもあるかもしれません。

慎重派な客は「ほかのところとも比べてみよう」と一旦は出て行ってしまうかもしれません。営業員自ら「よそと比較してみて」と説明したのだから、そうなる可能性は十分に考えられます。

そして、よその中古車販売店を訪れた客は必ず見ることでしょう。ほかでもない、ヒンジを、です。

そしてその注目ポイントがきれいに手入れされていなければ、気になってしまって仕方がないはずです。仮によその中古車のほうが価格面で安くあっても、「細かいところに気が配られてないところの車を買うのは不安だ」「今後のメンテナンスも考えたら、きちんと手入れをしてくれるところから買いたい」といった類の考察をするようになります。そうして再び、短く的確なアドバイスをしてくれた営業員のいる販売店へ戻ってきて、そこで気に入っていた車を購入するわけです。

■「買ってくれオーラ」の上手な消し方

このように、ほんの1分程度の説明だけに終始すれば、10人の客全員を順番に回って営業することができるわけです。

細かくみてほしい点は、ヒンジにとどまりません。ボンネットの中だったり、死角になっているタイヤハウスと呼ばれるタイヤを取り付ける付近のスペースだとか、そういったところを客自らに点検させることで、中古車の品質が一味違うところを強調するのです。中古車の見極めかたのちょっとしたアドバイスだけで、あとは勝手に客側が、自身の目でもって販売店の評価を上げてくれることでしょう。

自社の利益に走るのではなく、客が損しないようにする営業手法。私の提案するこの方法は斬新であり、多くのサポートした販売店にとって目から鱗のようでした。

いちいち客について回るべったり営業では、どうしても「買ってくれオーラ」を感じ取られてしまいます。そして売り込まれていると感じた瞬間、客はその店と距離を置きます。

しかし客が損をしない方法の説明に終始すれば、「いいことを教えてもらった」というプラスの気持ちだけが客に残り、売り込まれている気分はこれっぽっちも起きません。「ここで買えばアフターケアも期待できそうだ」という思考にまで客が自身で考えてくれます。

こういった客側からの精神的な歩み寄りが、営業のしやすさを何倍にも増幅させてくれるのです。

営業員にとっては、短時間で営業が済むだけでなく、心理的な負担の軽減にもつながりメリット大です。

売りたい欲求が見透かされないように励むと、恐る恐るな営業になってしまうもの。こういう自信のなさが滲み出た弱気な営業というのも、客に嫌われてしまいます。

しかし説明に終始した営業であれば、リラックスした状態でのぞめるので、ネガティブな印象を客に植え付けずに済みます。

この営業手法は非常に好評で、サポートしたとある中古車販売店は人気が急上昇し、メディアにも取り上げられるほどに成長しました。この情報をキャッチして、同業他社が大型バスに乗り合わせて、はるばる遠方から偵察にやって来たこともあるそうです。

販売店としては、そうやすやすとこの営業方法は教えたくはありません。ライバルたちの乗るバスが路肩に停まり、団体がこちらへ向かってくるのを見つけるやいなや、店内の音楽を変更して全営業員に伝達していました。そこには「すぐ営業の手を止めるように」というメッセージが隠されています。

まったく営業もせずボーッとしている営業員たちを見て、偵察のライバル団体は首を傾げるばかり。なぜこんなやる気のない販売店が繁盛するのだろうか。結局何も収穫を得ることはなく、消化不良のままバスへと戻っていきました。

彼らが去ると店内の音楽が戻り、営業員たちはまたせっせと、１分ほどの説明に終始する営業に精を出すのでした。

イワシの水槽にハマチを放つ

■ぬるい職場

前段までの儲かっていない販売店は、中古車の品質は良好なのに客を逃してしまっている販売店の話でした。無論、それ以前の問題を抱えていて赤字を垂れ流している販売店も見たことがあります。

「どうにも売上の上向く気配がなくて困っている販売店がある。改善点を見つけてもらえないだろうか」と本部の人間に頼まれ、ある中古車販売店を視察したときの話です。

客のふりをして店内を観察してみると、儲からない決定的な要因をすぐ見つけ出すことができました。

そこで働くスタッフの誰もが危機感を抱いていないのです。

だらけたオーラは周りに伝染し、客に不快感を与えます。

会社の方針として確たるノルマを設定しているわけではなく、皆ぬるま湯に浸かっているような有り様でした。「それなりに働いていれば給料はもらえるから」と、下がり続ける業績もまったく気にしていない様子です。

■「死に物狂い」は死なない

こういう店舗を見て思い出すのが、かつて友人の話してくれた「水槽のイワシ」の話です。

あるイワシ料理屋は、最寄りの港から活きのいいイワシを仕入れています。しかしトラックの水槽に入れて、港から料理屋へ運んでいる間に、イワシは全滅してしまうのだそう。できれば生きたままの状態で仕入れ、店内の生け簀《す》に放ち、締めたてのイワシを客に味わってもらうのが店主の希望でした。

「魚へんに弱」と書く通り、イワシとは非常に貧弱な魚のようです。海に近い環境を保てる水槽で、温度にも十分気を遣って輸送しても、その道中でイワシたちは倒れていきます。揺れに弱いのではないかと慎重に運んでもダメだそう。八方塞がりでした。

考えに考え、さまざまな試行錯誤を施していったところ、意外な方法でイワシを生かすことに成功しました。

それが「イワシの天敵であるハマチを水槽に入れる」作戦です。

港から料理店までの移動中、イワシは「ハマチに襲われるかもしれない」という極限状態の中にあります。この一定の緊張感、生きようと努める意思がイワシの命を長らえさせるのです。

実際のところ、ハマチはイワシを数匹食べたらお腹いっぱいになって襲う気をなくすそうですが、そんなことイワシは知ったこっちゃありません。ハマチから一定の距離を置けるよう、水槽の中を縦横無尽に逃げ続けることになります。

■緊張と刺激が人を動かす

イワシが緊張状態で生命力を引き伸ばすのであれば、人間も同様に一定の緊張を与えることが長生きや成長の秘訣になるのではないか。

仕事も人生も、適度な緊張や刺激がないと、人は動けないのです。

やらない先に待っているペナルティー。そのペナルティーを避けるため、一生懸命になれるような仕掛けは重要な行動エンジン。なかなかそういった罰を与えられるシステムが構築されない現代だからこそ、自分で何かしらペナルティを設けないと、天敵のいないぬるま湯のような水槽状態に陥り、成長も成功もないのかもしれません。

先ほどのやる気の感じられない中古車販売店でも、私はハマチを放流してきました。このままの業績ではどうなってしまうのか、彼らの未来を伝えたのです。

本社の方針としてはあまりそういった強い緊張感というのは与えたくなかったのかもしれませんが、そういった刺激が一番の成長材料です。むしろ目の色を変えて仕事に打ち込むことで、面白さを見出してくれることにもつながります。実際、彼らは真剣さを増して仕事に取り組むようになり、販売店の経営を軌道に乗せることができました。

第4章　中古車業界のゲームチェンジャー

車体を擦り続ける男

■超ロングセラー商品開発秘話

さて、この章ではまたも、私の開発した中古車クリーニング専用商品についての話を展開することになります。

この発明品こそが、私の人生の行く先を決定づける運命的なものになります。と同時に、約40年経った現在も第一線で活躍する、中古車業界になくてはならない超ロングセラー商品となります。いわば業界のこれまでの常識を塗り替える世紀の大発明。これは決して大げさな話ではありません。

従来とはまったく異なるものが市場に登場し大きな変革をもたらす。そんな商品やサービスのことをゲームチェンジャーと現代のビジネス用語で呼びますが、手前味噌ながら、本章で登場するこの発明品はそれに該当します。中古車業界のゲームチェンジャーです。

これのおかげで私はカーディテーリング界のちょっとした有名人になるわけです。そして、さまざまな災難にも巻き込まれるという憂き目にも遭います。その紆余曲折は非常に面白いので、どうぞお付き合いください。

■厄介な出っ張り汚れ

自動車愛好家や自動車整備士など、車をきれいにすることに余念がない人たちにとっての泣きどころだったのが、車体に付着する汚れでした。

車を使っていれば嫌でも汚れは付きます。雨滴の乾いた跡とか、付いたばかりのホコリや花粉といった類であれば、洗剤と水を使ってこまめに洗車すれば済む話でしょう。しかし中にはどれだけ洗っても落ちることのない、厄介な汚れがあります。

代表的なものでいえば鉄粉です。鉄粉は非常に厄介なやつで、放っておくとサビを呼ぶ原因にもなってしまいます。

鉄工所や建築現場などの金属を扱っている拠点の近くに車を停めておくと、空気中を漂ってきた鉄粉が、車体にペタペタと張り付いていくのです。電車のそばを走行したり、沿線に車を停める際も鉄粉の付着リスクあり。電車と線路の摩擦で鉄粉が飛び散り、近くの車に付着します。沿線の鉄粉被害はばかになりません。

鉄粉は水滴やホコリなどと違って厚み、つまり出っ張りがあります。しかも時間経過とともに酸化して、車体にべったりとくっついてしまうのです。スポンジで洗っても落ちるものではありません。

力任せに擦って、仮に鉄粉が剥がれたとしても、尖りのある金属ですから周りの車体を傷つけてしまうことも考えられます。

鉄粉はなかなか素人には手出しのできない、非常に厄介な車体汚染物質なのです。

そこでプロの登場なのですが、彼らでさえも鉄粉の除去には手間取ります。出っ張り汚れを落とすのは板金塗装屋が主に担う仕事なのですが、1980年代当時、2日はかかる重作業でした。

具体的には、コンパウンドと呼ばれる半液体状の研磨剤を使います。これで出っ張り汚れを落とすことは可能ですが、同時に周りの塗装も剥げてしまうため、丁寧に塗装し直す必要があり工数がかなりかかるわけです。出っ張り汚れはまさに板金塗装屋泣かせでした。

嘆く彼ら車体クリーニングのプロたちの姿を見るにつけ、もっと効率よくきれいにできる方法があるのでは、と考えていました。

付着している出っ張り汚れだけを排除し、塗装に傷をつけずに済む方法はないだろうか。

私の発明への情熱は、車体の出っ張り汚れを簡単に取り除く画期的な解決策探しへと注がれます。

■ダメ元の素材で大革命

まず試したのは砥石でした。

車体に洗剤を垂らし、なめらかにしたところで砥石を当てて、出っ張り汚れを剥がし取る方法です。

これは狙い通り汚れを取ることができました。丁寧にやれば塗装部分が剥げてしまうこともありません。

しかし１つ大きな問題がありました。取れた出っ張り汚れが砥石と車体の間で転がされ、塗装部分を傷つけてしまうことがあったのです。これを防ぐためには、砥石をかける度に剥がれた出っ張り汚れを除去する、という作業を繰り返すことになります。これでは非常に手間がかかり、効果的な解決策とはなりません。砥石作戦は失敗に終わりました。

そもそもなぜスポンジなど一般的な清掃道具では付着した出っ張り汚れを落とせないのか。それは力の加減に問題があるからでした。スポンジは手が加えた圧力が満遍なく車体に行き渡るわけではありません。圧力のムラがあるため、出っ張り汚れのようなしつこい付着物が剥がれないわけです。

それなら、満遍なく車体へ力が分散する素材はないだろうか。

そこで次に試したのがゴムでした。これならうまく手の力が均一に車体へかかり、頑固な出っ張り汚れを落とせるのではないか。

しかしこれもスポンジと同じ結果で、出っ張り汚れを落とすほどの効果はあげられませんでした。しかもゴムは反発力が強いため、かなり力を要することも問題でした。

このような具合で、思いついた素材で出っ張り汚れに挑んでは、完膚なきまでにやられてしまうの繰り返しです。

剃刀を試したこともありました。髭を剃るのと同じ具合で、スーッと剃刀を滑らせて出っ張り汚れを取ります。これはなかなか期待できる効果があげられました。剥がれた出っ張りも、剃刀に巻き込まれることなく落ちていくため、車体の塗装を傷つける心配もありません。

しかし剃刀でも問題発生です。車体というのは、どこも微妙に曲線を描いているものです。真っ平らなら剃刀でスイスイ汚れを落とせるのですが、曲線ではそうはいきません。微妙な凹凸になっているところを剃刀の刃で削ってしまうことが多々ありました。これだと結局塗装し直す必要が出てしまいます。

そんな試行錯誤の中、ダメもとのやぶれかぶれでやってみたのが粘土でした。

かなり期待薄でした。粘土だと力がうまく車体へ均一に伝わるとは思えませんでしたし、汚れが取れたとしても砥石と一緒で汚れが車体を傷つけると予想しました。

しかし、なんということでしょうか！

水で流して滑りをよくした車体に粘土を密着させ、出っ張り汚れを巻き込みながら粘土を動かしていきます。変幻自在の粘土は、車体の絶妙な曲線ラインにジャストフィットし、均等に圧を加え、当たっている部分の出っ張り汚れをすべて取り除いてくれるではありませんか。

しかも、取り除かれた汚れは粘土の中に埋め込まれるため、塗装に傷をつけることがない！

これはとんでもない発見でした。

塗装し直しの必要なく、鉄粉などのしつこい出っ張り汚れを除去する方法が生まれてしまったのです。

粘土がバズった意外な経緯

■いいものほど拡散されない

こうして完成した、車体にまとわりつくしつこい出っ張り汚れを、スピーディーかつ車体に傷をつけず落とす粘土。名前を「トラップネンド」として商品化しました。１９８６年のことです。

さっそく、出っ張り汚れに頭を悩ませている板金塗装屋に売り込んでいったところ、想像以上の反響でした。目の前で実演してみせれば、すぐにその商品の凄さを感じてくれ、惚れ込んでくれます。

「塗装し直さなくていいなんて、とんでもない発明品だ！」

塗装し直しの工数が不要となるのですから、まさに目から鱗といった商品でしょう。

これはすごい発見だということで、特許も取得しています。

しかしこの特許出願でまさかの関門に出くわすこととなります。出願手続は書類で行うのが原則ですが、これがなかなか効果を言葉で伝えるのが難しいのです。

「水を流してからこの粘土で車のボディを擦ると汚れが落ちるんです」

そう説明しても、担当者からは「まさかそんなことで汚れが取れるなんて、あり得ません」と突っぱね返されてしまいました。まったく信じてもらえなかったのです。

考えた末、言葉で伝えるのは不可能と判断し、担当者を外へ引っ張り出し、実際にデモンストレーションして見せました。

「ほら、こうやって粘土で擦るだけで汚れが取れてるでしょう。タネもしかけもありませんよ！」

担当者は、目の前で起きた現象にしばし眉をひそめていましたが、認めるしかなく、特許申請が叶いました。

トラップネンドの売上は上々で、あっという間に会社の利益に大きく貢献してくれる商品に成長してくれました。

ただ課題もありました。

営業先で披露する度、喜んで買ってもらえるものの、口コミ評判で一気に伝播していくような現象は起きませんでした。

「こんなすごい技術はほかに知られちゃまずい」と、どこの板金塗装屋も情報を囲っていたのです。

そしてこれまで2日かけて行っていた作業を、10分の1近くにまで圧縮させることで、荒稼ぎしていたのです。

現代のようにインターネットがあれば動画を通して効果を見せ、販売網を広げることができたことでしょう。しかし当時はそんな便利なメディアツールはありません。広告展開しようにも、特許取得時に苦労したように、文字と写真だけでよさを伝えることはできません。

これまでの常識を覆すような代物です。「この粘土だけで汚れが簡単に落ちます」「塗装を傷つけることもありません」と触れ回っても、怪しいと思われてしまうのがオチでした。

1軒1軒巡って売るのではなく、もっと爆発的にトラップネンドを知らしめる方法はないか。あれこれとない知恵を絞っているとき、ひょんなことから、トラップネンドは一気に注目を浴びることになります。

■保険会社が募らせた不信感

きっかけは、とある保険会社が、提携している板金塗装屋に「不信感」を抱いたことから始まりました。

その保険会社は建築現場の保険を扱っていました。建築現場ではエアスプレーを使って塗装を行う工程があります。この塗装時、塗装ミストが風に乗って近隣の車に付着することがあります。飛散防止カーテンなどで対策するものの、どうしてもミストは漏れてしまい周辺へと被害を及ぼしてしまうのです。被害に遭った車の所有者に対して補償を行うのが保険会社の仕事で、提携している板金塗装屋へクリーニングを依頼する流れとなっていました。

保険会社は、あるときを境に、突如として提携する板金塗装屋のクリーニングの仕事が早くなったことに気がつきます。

「あの板金屋はおかしい。これまで2日くらいかけていたクリーニングが、1日足らずで完了したと連絡してくる」

無論、その板金塗装屋はトラップネンドを導入していたのです。どうやら保険会社はその板金塗装屋に張り込み、どんな技術を使って作業の圧縮化を図ったのかを見届けたようです。そして、彼らが塗装の作業をすることなく、何か見たことのないものを使って付着したミストを除去しているのを目撃したというわけでした。

保険会社は作業員に訪ねます。

「これは一体なんですか！」

「トラップネンドという、車体の汚れを落としてくれる新商品です」

かくして、車関連の補償を扱っている保険会社に知られたことで、トラップネンドは一気に知名度を上げることになります。

「そんなに簡単に車をキレイにできるなら、補償額ももっと安くできる！」

「提携しているほかの板金塗装屋にもこれを使わせて、保険料や補償額を減らすことも可能だ！」

保険会社がトラップネンドをあらゆる板金塗装屋へと紹介していってくれました。保険会社にとっては板金塗装屋へ支払う報酬を大きく減らすことができ、保険料や補償額を大幅に見直す機会となりました。

板金塗装屋にとっては、より効率よく清掃を完了することができ、売上アップにつながります。車の所有者も、出っ張り汚れが従来より早く安価で落とせるのですから願ったり。

トラップネンドがもたらした各所への効能は絶大であり、まさにカーディテーリング界の歴史を変える革命品となったのです。

車社会の本場アメリカへ

■米大手カーケア用品販売社との出会い

トラップネンドはカーディテーリング業界においてなくてはならないものとなり、１９９０年ごろには日本全国に広がり、業務に携わる人にとって当たり前の存在になりつつありました。

そのトラップネンドがいよいよ世界へと進出するときが来たのは、１９９３年頃のことでした。といっても、何かこちらから世界進出へのアクションを仕掛けたわけではなく、図らずも海外から誘いがありました。

アメリカ・テキサス州のダラスに本拠地を置くオートワックス社は、数々のカーケア用品を販売し、アメリカのカーディテーリング界を牽引するトップ企業でした。そのオートワックス社の重役が、日本のカーディテーリングの現状を把握するため来日、私の会社が開発した商品の情報をキャッチし、はるばる埼玉県の宮原まで訪れたのです。

とはいえ、日本のカーケア用品の視察というよりは、オートワックス社が販売しているケミカル材を売り込みにきた、という印象が強かったのを覚えています。車社会の大将格であるアメリカが、車メーカーとしては名を世界に轟かせはするものの、市場自体は小さい日本に、商品力で負けている自覚など微塵もなかったことでしょう。

しかしトラップネンドの効能を彼らの目の前で実演するや否や、目の色を変えました。そしてその場で「ぜひ専属で契約を結び、アメリカ市場での展開を考えていきたい」という交渉が持ちかけられたのです。

私としてもアメリカ進出への足がかりがほしいと画策していた矢先でした。オートワック社のトップであったデイビット・ミラー氏も非常に好感の持てる男性で、彼らにトラップネンドを託してみようと即座に快諾しました。

後で知ったことですが、デイビット・ミラー氏のお父さんは、アメリカのカーケア用品の老舗企業、シュアラスター社の取締役でした。

■タバコの包装で認知拡大

かくして、アメリカでカーケア用品を扱う大手とタッグを組めたのは、アメリカ進出への大きな追い風となりました。彼らはカーケア用品を売るための最適な方法を熟知していたのです。トラップネンドを広めるためにまず行ったのはインフォマーシャルという宣伝方法でした。日本でいうところのテレビ通販です。

長めの尺の商品宣伝映像を製作し、カーケア用品を紹介するケーブル番組で流したり、ＤＩＹでエンジンを組み替えるくらいのレベルの車好きたちが集う専門チャンネルで放送しました。

このインフォマーシャルを絶え間なく流すことで認知拡大を目指しました。

トラップネンドの悩みは、画面越しで見ると効果がよくわからない点でした。粒の細かい汚れまで鮮明に映し出して視聴者へ伝えることはできなかったのです。目の前で実演しビフォーアフターを手で感じ取ってもらえれば一目瞭然なのですが。

そこでインフォマーシャル放映時に活躍したのが、タバコのパッケージを包装するセロハンでした。

セロハン包装を演者が指にはめ、車体を軽く擦るのです。トラップネンド使用前は凹凸があるためプツプツとセロハンが音を鳴らします。

続いて、車体を水で流しトラップネンドを滑らせた後にもう一度セロハンを当てます。すると今後は何も音がせず、ツルツルと車体の上をセロハンが滑っていくのです。

目や言葉で伝えるのではなく、音で伝えるという斬新なカーディテーリングの広告でした。

さらに抜かりがなかったのは、オートワックス社はこのタバコのセロハンと同じ素材で手袋を製造し、トラップネンドと同梱して購入者に送ったことです。

これがあれば購入者も効果のほどを実感できますし、整備仲間や車好きたちの間で視聴覚を駆使してよさを共有することができます。

この戦略はなかなかのインパクトがあり、インフォマーシャルとそれを見て購入した顧客、そしてその顧客がセロハンで実演して見せた周りの人たちと、認知度が倍々にして膨らんでいったのです。

さらに用意周到だったのは、このセロハン製の手袋の特許もオートワックス社が取得していたことでした。この視覚的に絶大な効果のある広告方法を、ほかの同じようなカーケア用品を扱う会社は真似できないよう封じ込めたのです。アメリカらしいというか、非常に用意周到なオートワックス社でした。

このようなアイデアは、中古車販売店や板金塗装屋を廻って営業する泥臭い営業しか知らない私には、絶対に思いつくことはなかったでしょう。つまり、オートワック社との提携なしでは、トラップネンドのグローバル展開など到底できなかったということです。

カーディテーリングの必需品に

■アメリカで人気に火がつくまで

オートワックス社の宣伝力のおかげもあり、トラップネンドはカーケア専門業者や車愛好家たちの間に急スピードで浸透していき、アメリカでのシェアを伸ばしていくことができました。

インフォマーシャルだけでなく実地の営業も並行して進めていきました。

アメリカ国民の自動車に対する情熱や愛着、それらによって形成される市場というものは、日本の比ではありません。

この当時、アメリカのディテーリング市場はすでに成熟の手前にありました。

大陸が広大で高々とした山脈に囲まれているアメリカの多くは乾燥しており、風が吹けばたくさんの土埃が舞い、フリーウェイを走る車たちに嫌でもまとわりつきます。よって街中のそこかしこに洗車場があります。

洗車場で働くスタッフは、大きめのタオルをもって埃にまみれた車がやって来るのを待ち受けています。洗車の工程は洗練されており、車が進入するやいなやスタッフたちが機敏に動き、流れ作業できれいな状態へと仕上げられていきます。

必然、カーケア用品の需要は高いのです。

さらに特筆ものなのが中古車取引の過熱化です。日本ではディーラーの中古車部門や中古車専門店で買うことが主体となっていますが、アメリカではオークションが主流でした。

各州の主要な都市にオークション会場が設けられ、定期的にオークションが催されます。中古車は当然、きれいなほど見栄えがよく高値で取引されやすいものです。オークション会場の周辺には、車を細部に渡ってきれいに仕上げる専門店、すなわちカーディテーリングショップが増えていくのは自然な流れでした。

オートワックス社はオークション会場をいくつか所有していました。それらを拠点としながら、周辺のカーディテーリングショップへと品物を卸していたわけです。その仕入品に、トラップネンドが新たに加わっていったことになります。

ショップのスタッフたちはインフォマーシャルでトラップネンドのことは知っていました。

「あの、セロハンで効果を紹介しているやつだね」

より効率よくきれいにできるのならと、試し買いをし、効果を感じてくれるなり大量の注文を受けることが叶ったのです。

この、カーディテーリングショップでの評判が、トラップネンドの人気に火をつけました。

セロハンの宣伝と実演による説得力は大したものでした。

■カーケアブーム加速でパクリ品も

これよりも少し後、車の塗装を守る手法としてガラスコーティングが登場します。塗装面に硬い皮膜をコーティングし、傷や汚れから車体を保護する方法です。

このガラスコーティングを施す際は、塗装面を滑らかにする必要があります。この際に役立つのがトラップネンドです。

これまでは、塗装をし直すことなく出っ張り汚れを取り除くことがトラップネンド最大の特長でした。しかしガラスコーティングが登場して以降、車をコーティングするための下準備として使うアイテムとしても重宝するようになったのです。これがさらに新たな需要を生み出し、トラップネンドは認知度と売上を伸ばしていきます。

現代では、ガラスコーティングを扱っている会社でトラップネンドを知らない人はいない、というくらいにまで広まっています。

といった具合で、トラップネンドは１人歩きするようにして売れていきました。オートワックス社の営業力や、ガラスコーティングという新技術のおかげであり、私自身はさして大きな労力をかけることなくここまで来れました。

では私は何をしていたのかといえば、次の新商品開発のために汗を流す日々でした。

つくって、誰かのために役立てばそれで満足。そんな風にやってきたから、経営面では甘い部分も多々ありました。その甘さが後に紹介する訴訟問題へと発展していきます。

トラップネンドは現在も多くの方に愛用してもらっています。特許は10年以上も前に切れてしまい、類似商品もたくさん出ていますが、それでもまだシェアナンバーワンです。

特許申請によって成分は公表されているものの、製法工程までは世の中に共有されていません。いくら成分が同じでも、同じ性能の粘土をつくれる競合が存在しないのです。

いかにもアメリカンでワイルドな2つの訴訟

■特許で揉める

トラップネンドの類似品については、過去にアメリカで裁判沙汰となった案件が2件あります。

トラップネンドは、アメリカでも特許を取得していたものの、その内容には粗がありました。細かく難しい話は省略しますが、ほぼパクリといって差し支えない類似品をつくって販売したA社は、その粗を突いてきて、私たちとの間で特許紛争へと発展しました。A社の特許侵害と、類似品である「パクリネンド」の販売停止を私たちは訴えました。

当初は、「こちらは特許を取得しているのだから負けるわけがない」とたかを括っていましたが、専門家をつけて話を詰めてみると、こちらに正義はあれど、争いは長丁場を覚悟せねばならないことがわかってきました。

裁判は長引くほどお金がかかるものです。この度の訴訟は、どちらが正しいかの是非を決める戦いというよりは、体力勝負の様相を呈することになりました。要するに資金が潤沢なほうに軍配が上がるのです。

こちらサイドの粗に気づいていたA社は、体力に自信があり勝機と見たのでしょう。調停での決着打診を一蹴され、速やかに裁判へと突入しました。

弁護士や特許の専門家でチームを組んでの大掛かりな裁判が始まったのです。その間もA社は、パクリネンドを売って私腹を肥やしているのですからたまったものではありません。

発明者であり特許を有するのは私でしたから、裁判のためにアメリカ現地へ何度も赴く必要がありました。日本人の弁護士はもちろんのこと、アメリカの弁護団にも依頼金を支払う必要があります。

裁判が長引くほど経費は嵩張りますし、私の時間が奪われ本業にも支障が出ます。

「日本人が絡んでいるから裁判も有利に運べるだろう」

という狙いがA社にはあったことでしょう。コミュニケーションやオペレーションで私たちは圧倒的不利な立場にありました。

これには非常に参ってしまいました。

■未回収に終わる4億円

そこで思い切って選んだ大胆な作戦が、アメリカで取得したトラップネンドの特許権を、オートワックス社へ丸々渡すことでした。

「粘土の全権をそちらへ渡す。ただし引き続き粘土の生産販売においては、私の会社を必ず介してほしい」

という条件を提示したのです。しかしこの条件はあくまで紳士協定に近いもの。特許権を渡した途端、オートワックス社が私との取引を断ち切って、自分たちで生産販売を始める可能性も十分にありました。しかし私はオートワックス社を、トップのデイビット・ミラー氏を信じて、権利の一切を託したのです。

特許を渡すことで、私がアメリカの裁判所まで出廷する必要性はなくなりました。コミュニケーションの摩擦も円滑なものになりました。私の渡航費や日本の弁護士費用はなくなり、裁判にかかるコストも大幅に軽減されます。

特許権譲渡にともなうリスクはありましたが、そのくらいの決断がないと裁判には勝てないし、アメリカ国内でシェアを広げていくことはできないと思っての覚悟です。

はたして、裁判は長期化しましたが、私の決断が決め手となり、最終的には勝利をものにすることができました。

A社に課された賠償額は当時の日本円にして4億円ほど。アメリカは日本の訴訟よりも桁数は1つも2つも違うといわれています。大勝利でした。

勝利を勝ち獲るまでには2億円以上の費用を要しました。デイビット・ミラー氏はこの裁判に社運を賭け、会社専用のジェット機まで売却し裁判にすべてを注ぎ込んでくれたのです。彼の男気には本当に痺れました。また、彼との絆がさらに固く深まる出来事でもありました。

しかし、残念なことに、A社はその後に倒産となり、賠償金は未回収に終わってしまいます。裁判単体で見れば、オートワックス社は大赤字です。

A社は最初から破れかぶれというように、勝てばラッキー、負ければ全力敗走のつもりだったということでしょう。これもまさにアメリカならではのワイルドなスケールといえました。

サイバー犯罪対策に貢献した理由

■裁判の呆れた決着

さらにもう1つ、トラップネンドの類似品、いや、明らかなパクリ品を販売しているB社に対して訴訟を起こしています。

こちらも勝訴して賠償金を4億円以上獲ることができたのですが、A社と同様に倒産してしまい回収できずじまい。この件は勝訴までの展開が変わり種で面白かったので、エピソードとして書き留めていきます。

裁判沙汰までの経緯としては、まずB社が先に仕掛けてきました。オートワックス社の粘土に関する特許は「無効である」と主張し、B社による製造の承諾を求める訴訟を２００２年に起こしたのです。これに対抗するため、オートワックス社はB社に対し特許の侵害を主張しました。前記2つの訴訟が並行で進められていくことになります。

その際、特許侵害による被害額を見積もるため、B社が「特許侵害と思しき商品」を販売してどれだけの売上をあげているのかを調べる必要がありました。

裁判所はオートワックス社側の開示請求を認め、売上把握のため両者立ち会いのもと、B社のパソコン内をチェックすることになりました。弁護団に加え、ITに強いエキスパートを同行させてB社のパソコンを調べたところ、唖然とするような事態が待ち受けていました。

「売上のデータが残っていません」

B社担当者に詰め寄ると「事故でデータがすべて消えてしまった」と弁解するではありませんか。この展開に陣営は開いた口が塞がらなかったことでしょう。

しかしこちらにはITのエキスパートがいます。さらにパソコンの奥深くまで調査しました。すると「エビデンスエミリネーター」なるソフトウェアが入っていることが判明したのです。

日本語に直訳すると「証拠排除装置」。これほどわかりやすい証拠隠滅の証拠はありません。Ｂ社は意図的に売上データを消していた。この事実を裏付ける決定的なエビデンスでした。

このまさかの事態に法執行機関もさすがに呆れ模様だったようです。Ｂ社の弁護士は「証拠隠滅はしないよう警告したのですが」と言い訳し、Ｂ社を見限り自分たちにできるだけ火の粉が被らないよう帰り支度をする始末です。

裁判所は重要な証拠の保全を怠ったＢ社を糾弾、意図的にデータを消したと判断される状況から「重大なる過失があった」と認定しました。

このまま特許の無効や製造の承諾を求める訴訟を続行することは、「データは消してしまえば問題ない」という由々しき前例をつくってしまうこと。加えて、これ以上裁判を続けていてもＢ社にとって不利になる一方であること。この2点を考慮し、「ここで手を打ちましょう」という判断が下されました。訴訟を打ち切り、オートワックス社の完全勝利が宣言されたのです。

■トラップネンド裁判が判例に

Ｂ社によるあまりにもお粗末な結末、自爆行為ともいえる幕引きでしたが、当時はまだインフォメーションテクノロジーが壮大なスケールの船出を始めたばかりの黎明期です。サイバー事象に関する裁判事例が少なかったため、このようなまさかな裁判事例も起こり得たわけです。

意図的なデータ証拠の破壊を皮切りに、訴訟の却下という判断が下される。この前例をつくったことは法曹界にとって決して小さなことではなく、後々の裁判でもサイバー犯罪関連の事案で判例として使われることになります。

重要な判例として、以降の裁判で登場することは、勝った側の弁護士にとっては冥利に尽きる話だと思います。裁判中ではなく裁判外、場外戦の中での決着ではありましたが、私たちの訴えかけが、サイバー犯罪対策に少なからず貢献できたことは光栄であります。

この奇想天外な裁判が結審した後、オートワックス社トップのデイビット・ミラー氏は会社を売却し、アメリカでのトラップネンドの特許権は売却先へと移行しています。この売却先とも円満な関係を築けており、トラップネンドは引き続きアメリカで人気の商品として君臨し続けています。

売却でデイビット・ミラー氏は文字通り巨万の富を得たようで、その後は悠々自適の生活を送ります。最初の裁判では会社専用のジェット機を手放しましたが、引退後にはプライベートジェット機を購入。私も同機の助手席に乗せてもらい、氏の別荘に連れて行ってもらったことがあります。かなりの高地にあって、高山病にかかって苦しい滞在となったのも、いまではいい思い出です。

私の発明品を信じ、全身全霊で戦い抜いてくれた彼がいなければ、アメリカでのトラップネンドの普及はなかったことでしょう。感謝してもしきれないくらい大切な存在です。

裁判中も、引退後も、彼はよくこう口にしていました。

「裁判なんてしないほうがいい。儲かるのは弁護士だけだから」

彼の財力とバイタリティーと覚悟がなければ、特許紛争で負けて、アメリカはトラップネンドの模倣品で溢れかえっていたかもしれません。私の功績は、そんな彼を信じて特許権を移したこと、ただそれだけです。人に恵まれたこその完全勝利でした。

ゲームチェンジャーに降りかかる災難の連続

■裏切った元取引先の末路

トラップネンドは数々のパクリネンドたちを退け、アメリカで大きなシェアを築いていきました。アメリカでその地位を確たるものにすると、あとは必然の流れで、欧州、中国、そして最近では東南アジアへと、販売流通が拡がっていっています。

そして当然のごとく、これら新規開拓地域においても似たような商品が出回ってしまうのでした。その最中では身内の裏切りも経験しています。

トラップネンドを筆頭に、私の会社の開発商品を卸していた輸出先企業は、相当な利益を得られたようで、私も喜ばしい限りでした。この企業が商品を納品する洗車場も受注が殺到し、理想的な関係が築けていたのです。

しかし、この輸出先企業が欲を張って、自国内に工場を設け、そこで類似品を生産するようになったのです。「素材がわかっているのだから自分たちにもできるだろう」と踏んだのでしょう。私の会社との契約を一方的に切ってしまい、完全自社生産販売に切り替えていきました。

しかしその製品は性能が悪く、納品先の洗車場もみるみる車の品質が落ちてしまい、店をたたむところも出てしまう事態に。私たちも特許権は握っていたので、訴訟に踏み出そうかと思っていた矢先、勝手に向こうが先に潰れてしまいました。

■盗まれた社名

またあるときは、中国でトラップネンドを買ったという方からクレームが届きました。「おたくの粘土で車を擦ったら傷がついたよ!」と訴えるのです。

まさかと思い、さっそく「商品を送ってください」と頼んで輸送してもらいました。

届いた商品は確かに見た目はうちのトラップネンドです。包装もそっくりでしたし、社名の「ジョイボンド」も入っています。しかし中身をよく分析したところ、自社のものとはまったく異なるパクリネンドであることが発覚しました。かなり悪質な模倣です。

特許を取っているので特許侵害として訴えることはできるのですが、ここでまた別の問題が浮上しました。中国では「ジョイボンド」の社名が、そのパクリネンドをつくった会社によって商標登録されていることが発覚したのです。

なんとしても社名はこちらのものにしなければなりません。登録者に交渉を持ちかけたところ「商標を買い取ってくれ」といわれてしまいました。なんという理不尽でしょうか。

絶対に屈してなるものか。中国現地で商標登録取消の請求を行いました。時間はかかりましたが、最近ようやくこの一件が決着し、中国でもジョイボンドの社名を名乗ることができるようになりました。続いてが本領、いよいよ損害賠償の請求の段階に入ることとなります。

特許は取得していたものの、まさか社名のほうを持っていかれてしまうとは。迂闊でした。アメリカでたくさん苦労を経験しているというのに、まだまだ権利面で脇が甘いと反省するばかりです。これが大きな会社なら法務部があって抜かりなくマネジメントできるのでしょうが。小さい会社は柔軟に経営ができる一方で、こういった弱点も浮き彫りになるものです。

トラップネンドの製造は現在、国内だけに限定しています。以前、海外工場に製造を委託しようと交渉を進めたところ、次のようなやりとりがありました。

「試作として100個つくって欲しいのですが」

「1000個だとこちらの利益にならないので、1000個つくって100個納めさせてください」

何をいっているのかすぐには理解できませんでした。

「残りの900個はどうするのですか」

「こちらで受けて売りさばきます」

あまりに常識外れな回答だったので唖然とするばかりでしたが、それがその国では主流ということなのでしょうか。詳細なレシピを教えてしまうと、こちらの及び知らぬところでこっそり量産して横流しされてしまうのではないか。そんな疑いが拭いきれないので、海外への生産発注は取りやめとしました。以来、信頼できる国内の工場だけに製造依頼し、海外に製造拠点を置く発想をもつのはやめています。

オスばかり狩られるキジ、なぜ絶滅しない?

■狩猟中にわいた疑問

トラップネンドを開発して以降、世界各地への商品流通は各国の代理店に任せて、日々の商品開発を行ったり、カーディテーリングの布教として全国の販売店や整備場などを巡ったり、忙しなく充実した日々を送りました。

本業の一方で、趣味の狩猟も続けていました。

この狩猟に関して、兼ねてから不思議に感じることがありました。

キジは原則、オスのみ狩ることが許されています。メスは絶対に撃ってはいけません。求愛のため派手に着飾っているのがオスなので、性別を間違えることはありません。

オスだけ狩れる理由は、その地域に棲むキジを根絶やしにしないためです。確かに、メスが減ってしまっては子を宿す母体が減るわけですから、この理屈自体は理解できます。

とはいえ、です。狩猟のため現地へ赴くたび、同じ趣味を持つ人たちがキジのオスを狩っていく場面をたくさん見ます。さすがに需要と供給が見合っていると思えなかったのです。

「このままだとオス不足になって、この地域からキジがいなくなってしまうのでは？」

と狩猟シーズンが終わるたび心配していました。

しかし、禁猟の季節を終えて解禁になると、オスとメスをだいたい同じくらいの頻度で見かけることになるのです。これが本当に不思議で不思議で仕方がありませんでした。

運よく狩られずに済んだ希少価値の高いオスが、メスと手当たり次第に交配して子を量産しているのだろうか。そう思ったこともありましたが、オスには子を設けた後に巣を守る重要な役目があり、一夫多妻などしている余裕はありません。彼らは純愛な「ツガイ」なのです。

■望んだ結果の産み分け

この不思議に対する答えが後になってわかりました。

「大量に狩られオス不足に見舞われている地域の卵から孵るヒナは、オスが多い」

という結果が、専門家たちの研究によって明らかになっているのです。

たとえばキジのメスが卵を5個産んだら、そのうちの4頭はオス、残る1頭はメスといった要領です。キジの生来もっている特性ではなく、オスが不足している狩猟地域だけで見られる傾向なのだそう。

そんな雌雄の産み分け、はたしてできるものなのだろうか。じつは、鳥の性決定メカニズムはよくわかっていない部分も多く、研究途上とのことです。ただ鳥たちは自分たちの置かれている「状況」に応じて、雌雄のバランスを決めて卵を産んでいることは明らかとなっています。

たとえばスズメ目に属するセイシェルヨシキリは、餌が潤沢にある地域ではメスの産まれる確率が80%を超えるのだそうです。これは、将来的に子育てを手伝ってくれる家事手伝い的な娘が欲しいからなのだとか。ただし食い扶持も必要なわけですから、食べ物がたくさんある状況のときにしか家事手伝いを必要としません。よって食べ物が少ない地域では、家事手伝い候補のメスを産む可能性は低く、オスがたくさん卵から孵るように調整されるというわけです。

オスばかり狩られる狩猟地域のキジに関しても、同じような現象が起こっているのかもしれません。あまりにもオスが減ってしまい、この状況では存続の危機に瀕してしまう。なるべくオスがたくさん産まれるようにしなければ。そういった欲求が本能的に高まるからこそ、オスがたくさん産まれるような性決定メカニズムが作用するのです。

これが種全体ではなく、限定されている地域の集団の中で、少ない代重ねで起こっているというのは、非常に興味深い話ではないでしょうか。

望むことで変わっていく

■進化とは「望み」の成果

「こうなりたい」と強く望めば、自分の代では叶わなくとも、代をいくつか重ねることで、環境や状況に適合した遺伝子へと書き換えていくことができる。先ほどのキジの仮説が正しいとすれば、それが生物の特技であり、進化ということでしょう。

そして、おそらくこの環境や状況への適合というのは、代重ねのスピードが早い生き物ほどスピーディーであると考えられます。

たとえば虫です。一部の虫には、木や葉など周囲の環境に合わせた色や形に似せた体をつくる擬態を行うことで天敵から逃れるのがいます。これも一代でなしえるものではなく、代を重ねるごとで、より精度の高い擬態へと仕上げていきます。

そして、なぜこんなことができたかというと、「こうなりたい」と強く望みながら代を重ねたからです。「虫に感情などない」という反論があるならば、遺伝子が少しずつ環境に適合できるよう書き換えられていった。そう言い換えてもいいでしょう。

日本の蚊は気温が35度以上になると活動を停止するといわれています。酷暑が続くここ最近、確かに暑さの厳しい全盛期に蚊に刺される機会は少なくなったように感じられます。

とはいえ蚊だってただ黙っているわけにはいきません。活動時間が少なくなることは死活問題です。このままでは思う存分に人間の血を吸えず、子孫をのこせなくなってしまいます。「35度以上でも活動できるようになりたい」と強く望んでいるはず。

いずれ蚊は地球の温暖化に適合していくのでしょう。もう何年か代を重ねたら、35度以上でも平気で飛び交って、人の血を好きなだけ吸う種が出てきてもおかしくはありません。

ウイルスや細菌などの小さなものたちでも同様です。生き残りのため、環境や状況に応じて、望んだ姿へ変貌していこうと代を重ねながら進化を遂げていきます。

■夢の実現に必要なこと

さて、これを人間にも当てはめることはできるのだろうか。これが本題となります。

人間は寿命が長いため、環境に適合した遺伝子に書き換えるのは至難の業です。たとえ適合したいと望んでも、3代4代と経るうちに100年の時をゆうに過ごしてしまい、そのころには環境もまた変わってしまっているからです。

しかし人間は鳥や虫よりも優れた頭脳を有しています。長く生きられるからこそ、学び、鍛え、実践し、成長していくことができる生き物です。遺伝子を書き換えられるほどの力は作用しなくとも、意識することで望んだほうへと進化していくことは、１代の人生のうちでも可能のはずです。望んだ姿への進化とは、個人レベルの話に落とし込めば、それは夢の実現ということになるでしょう。自分のイメージの中で望んだ姿があり、そこへひたむきに進んでいけば化するという、言葉のままの進化があるかもしれません。

振り返れば私も、「ものづくりに励みたい」という強い望みがあったからこそ、高給取りの仕事を辞めて、新しい世界へと踏み出しました。その時点では成功も失敗も考えることはなく、とにかく自身の夢を追い続けることにひたむきでした。

そしてかけがえのない出会いを繰り返しながら、自分の望んだ姿へと進み変化を続けることができています。ものづくりの道を極めるという本来の夢を実現し続けることができています。

偶然のようなチャンスをつかめるのも、望まないとできないことだと思います。

35度以上の高温に耐えうる蚊がいずれ誕生するように、夢へ邁進していけば、自身の能力がその状態へ適合していくということです。

マルティン・ルターの言葉を借りれば「すべてのことは、願うことから始まる」。これに尽きます。

要するに、どれだけ強く望み、それ以外に人生などあり得ない、くらいに思って突っ走り続けら

〔ラスベガスで開催される世界最大規模の自動車パーツ見本市「SEMA Show」にて〕

れるかどうかでしょう。トラップネンドも「こうなりたい」と望みながら、試行錯誤の末で誕生した超ロングセラー商品です。

カーディテーリング業界に大きな革命をもたらす発明をしたことで、オートワックス社からの評価と推奨もあり、２０２３年、アメリカにあるカーディテーリング協会の殿堂入りを果たすことができました。

コロナ禍のため残念ながら式典には参加できませんでしたが、たいへん栄誉なことであり、自分の歩んできた道が間違いでなかったことを確信させてくれる大事な勲章となりました。カーディテーリング協会事務所には私の顔写真を収めた額縁が飾ってあるとのことです。まさに望み続けたからこその成果です。望めば夢が叶うことを、私は自身の体験によって証明できたのです。

第5章　目に見えない世界へ殴り込む

人と人の間に発生する見えない何か

■ネガティブなサイン

私のもっている営業ノウハウの限りを提供して、私のいう通りに一所懸命に動いてくれているのに、なかなか結果を出せない中古車販売店の営業員というのは、少なからずいます。

そういうときは、こっそり客のふりをして訪れて、営業員と客とのやり取りに聞き耳を立ててみます。

すると、

「確かにこれだとお客さんは買わないだろうな」

と思う瞬間があります。

「ここだよ、ここに原因があるよ！」と確かなポイントを示すことはできないのですが。買い手がネガティブな「何か」を察知して「この人は売り込もうとしている」「買わせようと必死になっている」と警戒し、営業員との距離を置いてしまう瞬間。これが必ず悪い営業の中では随所で発生するのです。

「この人から買いたい」と思うときと、「この人からは買いたくない」と思うとき、その分岐点は存在します。

これぱかりは人の本質の問題であって、ビジネス的な分析と対策のなかで改善していくものではないようです。

たとえ営業員がマニュアル通りに発言し動けていたとしても、です。その発言タイミングとか言い回し、表情のつくりかたや一挙手一投足、彼らの発した何かしらのサインが買い手にとってネガティブにとらえられてしまうのです。

■すべてを知りたいという欲求

人の発するこのようなサインというものを、ここでは「波動」と呼びましょう。

私は営業テクニックについて「営業しなくていい、説明するだけでうまくいく」と伝授しています。しかしその手短な説明にすら悪い波動を載せて客に届けてしまうのですから困ったものです。

波動の正体を探ることは非常に困難です。発する側は、いつ発したのか気づけていないし、受け取る側もいつ受け取ったのかわかりません。傍観し聞き耳を立てる私にもわからないのです。

しかしその負の波動は確実に存在します。

間に商品はあれど、究極のところ、商売は人と人の間にある精神世界に委ねられています。

商品の質のよし悪しとか、価格の高い安いとは関係ない世界での、心の取引があるわけです。

営業のサポートを経験していくたび、この得体の知れぬ世界に私は次第に魅入られるようになっていきました。

見えない触れないなんてあり得ない。なんとかこの正体を暴いて、波動の実態はどういったものなのか観測したい。そして解明してやりたい。

理系の血が騒いでいました。

突き止めることができれば、どんなタイプの人であっても、ネガティブな波動を封じ込め、ポジティブな波動だけを出し続けられるようになるかもしれません。買い手に商品を満足して買ってもらえるような、営業上手な売り手になれるかもしれません。お互いにとって気持ちのいい取引ができるようになるかもしれません。

この着眼こそが、私の50代になって以降の、人生を大きく変えていくためのターニングポイントを創出します。第1章で触れたところの「林住期」の入口です。

気功が使えるようになりたい

■麻酔なしで開腹手術

そもそもから私は、超常的なものであれば幽霊だとかＵＦＯだとか、科学的なものであればニュートリノといったものだとか、目に見えない世界にたいへん興味を抱いていました。

強く脳裏に焼き付いているのは「気功」です。

あれは30代のころだったでしょうか。日本のある番組で気功が特集されていました。その中のワンシーンに私は衝撃を受けたのです。

場所は中国、患者が手術室でオペを受けています。患者からは見えないようにカーテンで仕切られた下腹部はぱっくり開かれていて、腹部にある腫瘍を摘出する手術が行われていました。

そして驚くことなかれ、その患者は起きており意識がはっきりしています。呑気に主治医と話をしているのです。

まるで切断ショーのマジックを見ているような気分でした。

普通であれば全身麻酔で意識が落ちていなければならないレベルの手術のはず。しかしこの患者は、麻酔を受けていないというのです。

そして、その患者の頭を包むようにして、両手を当てている人物がいます。この人こそが気功の使い手です。

痛みを感じるのは脳。その脳に気功を施すことで、痛みの感覚をなくし、終始リラックスした状態で手術が受けられるのだとか。

「なんじゃこりゃ」

というのが率直な感想でした。

ヤラセだと思いましたが、そのドキュメンタリーは日本の信頼に足る放送局のものです。信じるしかありません。しかしどうしても信じることのできない光景でした。

「痛いの痛いの飛んでいけ」というおまじない。あれも確かに痛みが緩和されたような気にはなります。痛みを感じる脳になんらかの効果があるのでしょう。しかしあくまで気持ちレベルの問題。気のせいといってしまえば気のせいです。まさか開腹手術でも、痛いの痛いの飛んでいけみたいなノリで、痛みが取れるわけありません。

この番組ではさらに次のような説明もしていました。

「気功麻酔なら医学麻酔をせずに済むため、患者への負担は低く済みます。開腹後の治りも早くなるのです」

■車だけでなく人も「復元」できたら

気功麻酔。そんなもの、あるわけないと思いたかったです。

洗剤だとか粘土だとか、これまで化学的な理論に基づいた商品をつくってきました。なぜ中古車がきれいになるのか、完璧に理屈で説明できるものだけを売ってきたのです。

神頼みの類も信じないタイプでした。神社にお参りすることはあっても、それが実際に大きな効果をもたらすとは思ったことはありませんでした。結局は自分の行動次第と思っていました。だから、目の前で見た現象すべて、私は説明できるようにしたかったのです。

気功麻酔が本当であるのなら、仕組みが理解できるようになりたい。そしてできることなら、自分も使えるようになりたい。いつからかそう思うようになっていました。

カーディテーリングの技術なら、中古車を新品にまで復元できます。しかし疲れている人や病に悩んでいる人を健康な状態へ戻すことはできません。毎日中古車のメンテナンスに明け暮れて、体の痛みを訴えている現場スタッフをごまんと見てきました。彼らの苦悶の表情を見ていると、なんとかしてやりたいという気持ちがありました。

今から医者になるのは難しいが、気功の使い手ならば、なれるかもしれない。

目に見えない波動によって客が機嫌よくなったり悪くなったりするのも、もしかしたらこの気功と根底では通づるものがあるのでは。そういった予感もありました。

そんな発想を常々抱いていたからこそ、目には見えない、言葉では説明のつかない現象に対して、私は大きな興味を寄せていたのです。

そういえば当時は超能力ブームの真っ只中で、スプーン曲げや占い、心霊現象の特集がテレビで頻繁に取り上げられていました。結局はどれも手品の延長のようなものだったと思いますが、完全否定はできません。しかしこの時代背景といったものも、私に影響を与えていたかもしれません。

見えない何かの答えを求めて

■神学を始めてみるも怪しい方向へ

どんなものなのか正体を探ってみたかった見えない世界。そこへと足を踏み入れる機会はひょんなことから訪れました。

あるとき、急にお腹が痛くなり「これはもう動けん」というくらいの緊急事態に見舞われました。それを見ていた友人が、私のお腹に手を当てたのです。するとどうでしょうか、ちぎれるほどだったお腹の痛みがみるみる引いていくではありませんか。

「一体何をしたんだ」

友人に尋ねると、

「気功だ」

というのです。

まさか、その友人が気功を使える人間だとは。と同時に、かつてテレビで目撃した気功麻酔の光景が脳裏に浮かび上がりました。テレビを通して感じたなんとも信じがたい現象が、いま実際に目の前で、しかも自分自身に対して起こったのです。これは本物だと思わないわけにはいきませんでした。

私はすかさず質問します。

「その気功、私にもできるようになるのか」

「ちゃんと勉強すればできるようになるよ」

こうして私は「気功が使えるようになりたい」というシンプルな理由から、神学の扉を開くことになります。１９９０年、私がちょうど50歳になったころのことです。

神学では宗教や神仏についてや陰陽についてのこと、精神コントロールについてなど、科学では究明されていない未観測の現象やエネルギーたちについて考える機会を得ることができました。目に見える世界だけに専念してきた私にとっては新鮮な学びばかりであり、非常に熱心に神学のセミナーに通うようになっていました。

しかしこの神学セミナー、回を追うごとに少しずつ暗雲が立ち込めるようになります。講師の人格に少々難ありといいましょうか、神学の知識を豊富に持っている方ではありましたが、尊敬できるタイプではなかったのです。

2年くらい通ったころに、その講師が自分のガールフレンドを連れてきて、開口一番「この人は神様だ」と突然宣いだしたのです。これまで学んできた神学の基礎論から完全に外れた発言です。

これはさすがに付き合いきれないと思い、セミナーへ通うのはそれきりにしました。

■取引先からの誘い

神学セミナーを辞め、見えない世界に対する興味は尽きないものの、再び「フリー」に戻ってしまいました。

「さてどうしたものか」

とっかかりを探しているうちに、取引先の専務からこんな話がもちかけられました。

「台湾から天帝教という宗教の信者を招いて話をうかがうことになった。古舘さんも聴きに来ないか」

会社の研修会の一環で実施するとのことでした。

神学セミナーで宗教に関する素養は深めていたものの、どこかに入信するほどには熱量をもっていませんでした。

なので最初は乗り気ではなかったのですが、その天帝教というところは気功に力を入れているようで、入信すれば誰もが気功を使えるようになるらしいのです。

ちょっと興味がわきました。

というわけで、旧友と連れ立って取引先の本社を訪れ、社員たちとともに研修会に参加しました。

天帝教は日本での知名度はありませんが、台湾本国では規模の大きな宗教として知られています。

1990年当時で10万人規模の入信者を擁し、台湾国内で開祖した宗教の中では最大級の勢力です。

研修会は、台湾人で天帝教幹部のリクさんの講演を、通訳の方を介して行われました。

「これはなかなか面白い宗教だ」

というのが正直にわいた感想でした。

天帝教は万物を生み出した「上帝」を崇拝しています。上帝はキリスト教・ユダヤ教・イスラム教・仏教など、世界中に信者を擁する著名な宗教の神たちを生み出したものである、というのが基本の考え方です。天帝教は総本山、ほかの宗教は支部というわけです。

したがって、天帝教は著名な宗教の教義と共鳴する部分がたくさんあります。また、これが最大の特徴なのですが、天帝教は宗教の「掛け持ち」ができます。キリスト教徒が天帝教に入ることも可能なのです。

「ほかの宗教に入っている者も大歓迎とはどういうことだろう」

話を聞いた当初は、入信者集めのためかと邪推しましたが、現地台湾では入信のための試験もあるといいます。また入会費や年会費といったいわゆるお布施も取らず、入信するだけなら1円もかかりません。

決して入信者をなんとしても集めて寄付をかけ集めてやるといった、新興宗教にありがちな悪しき意図は感じ取れませんでした。日本に講演へ来た理由も、自分たちの考えかたを広めたいからであり、決して強引な勧誘をするつもりではないとのこと。

講演の後、リクさんと交流する場が設けられました。彼は台湾の航空会社に勤めるパイロットで、世界中を飛び回っているのだそう。そして訪れた先で気功を使って、病や怪我で悩んでいる方たちを無償で救っているというのです。

これほどの社会的な権威を持つ人がのめり込む天帝教とは、一体全体どんな全容なのか。リクさんのキャリアからますます興味をもった私は、彼からの「1度台湾まで足を運び、学びに来てください」という誘いに前向きとなりました。

滞在期間は2週間。本業も忙しい時分だったのでどうしようかと逡巡しました。しかし神学セミナーを離れフリーの身でしたし、このタイミングで出会えたことに運命めいたものを感じ、スケジュールを調整しました。

自分が探し求めていた、目に見えない世界の本質は、台湾にあるかもしれない。答えを求める旅が始まりました。

台湾には以前から仕事で訪れていたので、天帝教本部の地理的環境は知っていました。風の音と小鳥と虫、あとは蛙の鳴き声くらいしか聞こえない静寂な場所です。

そこでの体験が、私の人生を大きく変化させることになります。とんでもない、言葉には言い表すことのできないような体験です。

台湾・日月潭にて

■入門の儀式

哲学者ルネ・デカルトの言葉に、

「真理を探求する前に、疑えるだけ疑う必要がある」

というのがあります。

私自身、見えない世界に踏み込んだきっかけは、その見えないものたちの正体を探りたい、真理に迫りたいという気持ちがあったからでした。

デカルトの言葉通り、真理にたどり着くためには、疑って疑い抜くべきなのは絶対でしょう。ですから、天帝教の本拠地である台湾に向かったことも、「潜入捜査」みたいなものでした。

思想や活動内容だけで迷わず入信してしまうような盲信さは持ち合わせないつもりでした。もしも、袖の隙間から粉を出して「魔法の粉だ」と言い張るようなペテンの所業を発見しようものなら、私がトリックを暴いてやる。というくらいの意気込みでした。

そこに本物の見えない世界が広がっているにしろ、まやかしの世界があるにしろ、私にとっては大きな収穫となる旅になりそうです。

天帝教との縁をつくってくれた取引先の社員数人、そして旧友とともに、台湾の地へ降り立ちました。

台中から車を走らせ、山中をじつに1時間半、日月潭と呼ばれる台湾最大の湖のほとりに天帝教の坐禅道場はあります。山奥の道場というと古風な建物を想像しますが、近代的なつくりをしていて見る者を惹きつけました。

初日は入門の儀式を行うということで、着いて早々に道場へと向かうことに。

入門というと警戒してしまいますが、とくにお金はかかりませんし、入門したからといって積極的な活動を強いられることはありません。辞めるのは自由ですし、幽霊信者として何もせず居座り続けることもできるようです。もちろん、天帝教の理念に反した行動をしない限りは、ですが。

今回入門する私たちは日本人第2期生だそうで、10年ほど前に第1期の募集をかけて以来とのこと。第1期に入ったのは3、4人ほどだったと案内役の入信者は話してくれました。

「その第1期の人の中に霊能者の方がいて、道場に入るなりひざまずいたんです。そしてまた数歩歩いてはひざまずく、を繰り返していました」

その霊能者がいうことには「道場内にたくさんの神様がいて1人すれ違うたびに挨拶をしている」のだとか。

そんな霊的な力のない私には、道場はただの広くて何もない空間にしか映りませんでした。

入門に際しての期待感は微塵もなく、疑いの姿勢を貫いたまま、儀式は始まりました。

入門の儀式は天帝教のトップである教主直々の采配にて執り行われます。

天帝教では教主のことを「首席使者」と名乗っています。神たちの使いの、その一番手であることを示しています。

私は以降、その首席使者の方を「お師匠さま」と呼んでいるので、ここでも以下はその呼び名で統一します。

お師匠さまは天帝教に入るにあたっての心構えを私たち入門希望者に説きました。主旨をかいつまむなら、

「天帝教に入ってすることは修行である。あなたたちはいままで少なからず罪を犯してきた。それを打ち消すように修行に専念することを誓いなさい。人助けになることをたくさんしなさい。そして自身の精神が正しい状態であり続けることを心がけよ」

といったところです。

お師匠さまの説法に心酔することもなく、常に私の心は冷静で、デカルトの言葉通りの姿勢を貫き通します。

「まあ宗教ってそういうものだよね」

という心境の中でお師匠さまによる入門の儀式を済ませました。

■守護霊を付ける

ただ、お師匠さまがこれ以降も頻繁に口にする次の言葉は印象に残っています。

「私は首席使者として、神の言葉を代弁している。だから私のいうことは間違っていない。でも本気にしてはいけないよ。疑問視して聞いてほしい。自分が修道して体験して、なるほどこうなのかとわかったときに疑問は解消され、あなたの知識として残るだろう」

お師匠さまは、最初は辞書を抱えているだけだと説きます。辞書にはさまざまな教えがびっしり書いてあるけれど、最初は何の役にも立ちません。なるほどと納得したときに初めて知識として心に刻みなさい、というわけです。

私はこのお師匠さまの言葉を初めて耳にしたとき「ほほう」と内心唸りました。

宗教とは極端な表現をするなら、自分たちの教えが絶対的に正しく、何よりも大切にしなければならないと、いわば洗脳のように刷り込ませることで信徒を教育していきます。少なくとも私が見聞きしてきた宗教はそういうスタンスが、表には出さずとも見え隠れしていたものです。

しかしお師匠さまは、デカルトのような姿勢を肯定するというのです。

「何でもかんでも鵜呑みにしてはいけない、たとえ私のいうことでもあっても」

というのですから、これはほかの宗教とは一線を画しているかもしれない、と思うようになりました。

お師匠さまの言葉の後には守り神、「監護童子」を付けてもらう儀式を行いました。この監護童子が監視している限りは、隠れて悪いことをすることはできないそうです。

監護童子なんて目に見えない存在は、私は絶対に信じることなどできませんでした。しかしこれもいつか、お師匠さまのいう通りに、存在を信じずにはいられない体験をし、私の知識として頭に納められていくということでしょうか。天帝教とお師匠さまのお手並拝見です。

以上が台湾の日月潭の道場に訪れた初日の儀式でした。全体を通しての感想としては「こんなもんか」といったところ。お師匠さまに只者ならぬオーラを感じつつも「そりゃこれだけ大きな集団を築き上げたのだからそれなりのカリスマ性は持ち合わせているべきだろう」という程度の感触でした。

〔台湾・日月潭の天帝教道場〕

頭から埋め込まれたもの

■天門開口

入門2日目に行うのが「天門開口」。天門を開く儀式です。

「天門って何?」

「開くってどういうこと」

名称から何をされるのかまったく想像できません。私は警戒しました。

頭部の頂上である天頂部から身体に向けて垂直下方向に引いた線と、眉間から身体に向けて水平方向に引いた線、この2線の交わったところにあるのが脳下垂体です。ここを「開発」することで、神仏からのパワーを導入できる回路を組む。これが天門開口だというのです。そしてこの儀式を行えるのはお師匠さまだけだと案内役の方は説明します。

「脳下垂体を開発」って、ますます怪しい。

儀式自体は至ってシンプルでした。お師匠さまが火のついた線香を手に取り、私のほうへ向けます。「先端の赤いところを見なさい」といわれるので、その通り線香の先っちょをじっと睨みます。少しずつ、その線香が私のほうへ近づき、眉間にくっつくかどうかまで迫ります。

これで終了。

なんともあっけないものでした。

「これで私は神仏からのパワーを受け取れるようになったってこと？」

天門開口の直後は何も変わったようには感じられません。しかしこれでどうやら、私は神仏からパワーを送ってもらえる存在となり、気功も使える人間になった模様です。

この「天門を開く」というのは、ほかの宗教で修道に励む人だと何十年も修行を積んだ末に成し遂げられる境地なのだそう。そんな根気のいる所業が、天帝教だと入門２日目にして済ませられるというのですから、なんとも胡散臭い話ではあります。

かつて入門したある敬虔な仏教徒は、さっそく天門を開くことが叶い「宝物を賜った」と泣いて大喜びしたのだそうです。

なぜほかの宗教だと時間がかかるのに、天帝教ならお師匠さまの加減でパパッと開けるかというと、先述の通り、天帝教はほかの宗教の総本山的存在だからです。つまり、他宗教よりも、より神に近しい存在なのが天帝教であり、その使者であるお師匠さまの有する能力が、他宗教の教主がもつそれを大きく上回っているということです。

いやはや、いま書いている私でさえも「怪しすぎる」と思ってしまいます。当然、当時の私も一切疑念は払拭できないでいました。

■初坐禅での不思議な体験

胡散臭い儀式に付き合わされたものだ。そんな解せないような気持ちのまま、次は坐禅に取り組みました。

坐禅のくわしい描写は後に譲るとして、ここで私はとても不思議な体験をすることになります。じっと座って心を鎮めているときのことでした。私は頭から何かが「埋め込まれる」ような感覚に襲われたのです。

「何か硬いもの、アルミのパイプのような……そうだ、これは、金属バットだ」

本当です。本当に、頭から金属バットがめりめりっと入ってくる感覚があったのです。ここまで半信半疑、いや一信九疑の私も、この体験ばかりは超常たる何かを感じずにはおれませんでした。

いまでもこの感覚を瞬時に呼び起こすことができます。

聞けば、この天門開口後の坐禅では、健康な人が突然倒れて気を失ったり、普段はおとなしい人が暴れだしたり、「自分はなんでここにいるのだろう」「自分は何者なんだろう」と一時的に記憶喪失のような状態になる人が出たりと、それぞれが変わった体験をするのだそうです。

頭の上から体の深部までが開いて、天から何かが降りて入り込んできたような感覚。この感覚は、本当に神様が私の体にパワーを送っているのかもしれない。そういう気持ちに、ほんのちょっとですが、なってしまったのでした。

「告げ口」する神様

■神の地獄耳

坐禅の際に信じがたい体験をしたものの、私はまだまだ天帝教を信じることはできませんでした。あくまで感覚的な現象でしたから、道場の雰囲気に気圧されたとか、日本から台湾まではるばるやって来た疲れが出たとか、説明はいくらでもこじつけられるものです。

しかしこの坐禅の直後に、いよいよ科学では説明のしようがない体験をすることになります。

台湾滞在の夜、一緒に来た取引先の社員と、道場の外れでこっそりとタバコを吸っていました。本当はタバコを吸ってはいけない場所だったので、体育館裏でタバコをふかす不良のような気分です。

「なんだかすごいところへ来てしまったねえ」

「天門がどうとか神がどうとか、訳がわからない」

そんなことを言い合っていたと思います。

「信じがたいことも多いが、とりあえず勉強できることはして帰ろう」

といって解散し、その日はそれで眠りました。

次の日、お師匠さまの元に集まり教えを受ける座でのこと。お師匠さまが開口一番、こういったのです。

「私たちが行っていることについて疑問をもっている人たちがいる」

昨日の今日でしたので、思わずびくっと肩を震わせそうになりました。

「彼らの疑問について、これから問答形式で回答していく」

そして私たちが昨夜の喫煙時に煙とともに吐いていた疑問をお師匠さま自らが挙げていき、それに対する答えも丁寧に話していったのです。

これにはさすがに参りました。科学では説明のできない現象に直面してしまいました。

あの夜、確かに周りには誰もいなかったはずです。まして社員と交わした会話は日本語ですから、お師匠さまに理解できるはずがないのです。

タバコ仲間の社員と目を合わせ、思わず「誰もいなかったよな」「うん、いなかったはずだ」とアイコンタクトをとったものでした。

なぜお師匠さまが私たちの会話を知っていたのか。

その理由は、入門時につけた監護童子なのだそう。監護童子が私たちの会話を記憶して、お師匠さまへ「告げ口」しているというのです。

「本人以外には知り得ないこともお師匠さまは全部把握しているんだよ」

入信者の方の、そんなことは当然の話だよといわんばかりの説明に、私はただただ度肝を抜かれるばかりでした。

入門時のお師匠さまの言葉が蘇ります。

「最初は疑っていい。体験して初めてあなたの知識となる」

監護童子をつけられたからには、もう悪いことは絶対にできない。

監護童子。まったく、とんでもないものを付けられてしまったものです。

■お師匠さまへの疑い

神様はなんでもお見通しであり、その神様とつながっているお師匠さまにも個人情報は筒抜け。にわかには信じがたいのですが、こういった出来事はその後も多々経験することになります。私しか知らないことをお師匠さまがことごとく言い当てるのです。

もはやこれは信じざるを得ません。

とはいえ、私としてはまだまだ眉唾物でした。

お師匠さまに関しては確かに、特殊な力をもった霊能力者の類かもしれません。そういった存在は、気功の番組やほかのメディアでも見たことがありますから、稀に実在することは理解しています。

しかし、天門開口によって不思議な力を誰でも使えるようになるとか、監護童子をつけてもらったから情報は筒抜けとか、神に関する云々はまやかしではないかと私は考察していました。

1人の超能力をもつカリスマを筆頭に、それに群がる信者たち。その構図は拭えなかったのです。

まだ、私には特殊な力を使うことはできなかったので、天帝教の大部分を信じ切ることはできませんでした。

ただ、お師匠さまの教えには多くの学びがあることも事実でした。私の知らない世界を知っている。本物に出会えたという認識は強かったのです。

ここで修道に励めば、私もいずれもしかしたら、お師匠さまの能力の一部を継承できるかもしれない。そんな予感も少しありました。

〔入門当時の私とお師匠さま〕

坐禅のすすめ

■澄む脳

天帝教に対する疑問はまだまだ消えていませんでしたが、教えの中には自分の人生観にプラスの影響を与えてくれるものもあり、人生の悩みの助けになることがしばしばありました。

その教えを事細かに紹介するには紙幅が足りませんし、本書で伝えたかった主旨から逸脱するおそれがあるので控えますが、その中でもとりわけ私に大きな影響力をもたらしている教えを紹介します。

まずはなんといっても坐禅です。

時間があればものづくりに打ち込み手足を動かしていたいタイプの私は、坐禅に何の意味があるのかと、当初は坐禅否定派でした。

しかし坐禅を実際にするようになってから考えは１８０度ひっくり返りました。

じっと座り目を閉じ呼吸を落ち着かせると、いま抱えている課題の解決法や、商品開発のアイデアがふっと頭の中に舞い降りてくるのです。

坐禅と並行で悩みのことをあれこれ考えたりしているわけではありません。次はどんな商品をつくろうかと思案しているわけでもありません。何も考えていないところに、突然やって来るのです。頭のあちこちに置いている、思案の破片といったものが無意識下で整理整頓され、新しいアイデアが生み出される。坐禅にはそういった効果があるということでしょう。

■坐禅の注意点

坐禅というと、邪念が頭の中にわいたり、眠くなってうつらうつらとしていたら、木の棒で肩を打たれる罰が待っている、というイメージを持つかもしれません。

天帝教では、坐禅は天門を開いた無防備で敏感な状態で行うとされています。それは魂が天門から出たり入ったりできることを意味しています。場合によっては何かの拍子に魂が肉体の外に飛び出してしまうおそれもあるのです。したがって木の棒でパンと肩を叩くようなことはしません。

坐禅の姿勢は、お坊さんや修道者はものすごく窮屈そうに互いの足を組ませますが、天帝教は足の組みかたは自由です。足を投げ出している状態でも構いません。

とにかく体全体のあちこちに意識をもっていかれてしまわないような、リラックスしたストレスフリー状態で座することを優先し、じっと坐禅に打ち込みます。

そうすると脳の中がさーっと整理されて、悩みの解決やアイデアが自然と導かれます。悩みの種を解消したかったり、新しい発想をお求めの際は、坐禅を取り入れてみることをおすすめします。

第6章　宗教にどっぷり浸かってみてわかったこと

オフィスに祈りの部屋を設けたら人が離れていった

■旅行ついでに道場へ

入門のために台湾に2週間ほど滞在、その後に日本へ帰国して以降は、しばらく本業に精を出していました。

気功を使って誰かの健康をケアするとか、仲間を増やすための布教活動を行うとか、天帝教に関して具体的な行動は何もせずに過ごしていたのです。

あれは正月のことでした。日本でぶらぶら過ごすのにも飽き気味だった私は、前回台湾に同行した旧友とともに台湾へ出かけることにしました。

ついでに天帝教の本部に寄って、坐禅をしていこう。そんな軽い気持ちで、旅行気分での台湾遠征です。

日月潭の坐禅道場を久々に訪れ、さて坐禅をして身と心の錆でも取ろうか。そんな風に思っていたら、お師匠さまに呼ばれました。

「1回来たらもう来ないかと思ったらまた2人で来てくれた。日本での天帝教の活動を続けていくきっかけができた」

とたいへん喜んでくれました。そして続けてこういうのです。

「気を高めて天からのパワーをより賜るためには、理想の環境で坐禅と祈りを繰り返すことが大事。光潔（天帝教での私の道名）の仕事場の2階に茶室があるだろう。その部屋を坐禅やお祈りができる部屋にしなさい」

一瞬、何をいわれているのかと呆気にとられましたが、しばらくして「あの部屋のことか」と思い出しました。

確かに会社の2階に茶室はありました。しかしほとんど使うことのない部屋で、私自身その存在を忘れていたくらいです。

「お師匠さまはなぜそれを知っているのだろう」

という疑問がよぎりましたが、すぐに合点がいきました。例の監護童子という守護霊が、日本での私の行動を常に監視していて、それをお師匠さまに報告しているのです。とはいえこの当時は、あくまで天帝教での考えがそうであって、私はまだ「お師匠さまが霊能力者だからわかるのだ」と思っていましたが。

私も坐禅や祈りは心身を清める習慣としてよいものと思っていました。お師匠さまの期待に応えたい気持ちはあるものの、会社の中に坐禅と祈りの部屋をつくるという案には躊躇します。あそこは私個人の場ではなく会社のものです。自分の判断で、自分が入門している宗教に関する空間を設けるのは抵抗がありました。

お師匠さまとの話の後、旧友に相談しました。

「オフィスに設けるのは気が引ける。あなたの家にそういう場所つくるのはどうだろうか」

「いやいや、お師匠さまは古舘さんの会社のあの場所にといっているのだから、それに従うべきだ」

「しかし会社につくるのは、スタッフがなんていうか。お客さんとのいざこざの元にもなるかもわからんし」

そんな押し付け合いのような対話を繰り広げた翌朝、またもお師匠さまに呼ばれました。

「君たちが心配することは何も起こらないから。大丈夫だからつくりなさい」

私たちの懸念もやはりお見通しだったわけです。

そこまでいわれてしまっては仕方がない。社内の一室を坐禅と祈りのための部屋に改装したのです。

■離れる人、関係を続ける人

坐禅と祈りの部屋と書きましたが、正確には「親和室」といいます。無形のものたち、すなわち神仏と親和するための部屋で、天帝教の教えにしたがって、社内オフィスの一室に祭壇をつくりました。

以降、私はそこで坐禅をしたり祈りを捧げることになります。

無論、周りから私を見る目は多かれ少なかれ変わります。

「古館のやつ、何を思ったか突然宗教に入れ込みだした」

「会社の中に怪しい部屋をつくって何かやっている」

周りの噂は私の耳にも入ってきました。「宗教なんかやめておいたほうがいい」と私に助言する人もいました。

「別に無理やり誰かを巻き込むつもりはないし、寄付を募ったりするつもりもないんだがなあ」

何も害はないですし、宗教の自由が認められている国。しかしやはり会社の目立つところに祭壇はまずかったようです。

挙句、1人、また1人と、近しい存在の方たちが私から距離を置くようになりました。

「やっぱりいわんこっちゃない」

友達が減り、取引先もいくつかいなくなってしまって、お師匠さまに少なからず恨み節でした。

しかしここからがまさかのような話。

不思議なもので、残った友達はより私に協力的になってくれました。おまけに離れてしまった以上に新しい顧客がつくようになり、商売は以前よりも繁盛するようになったのです。

親和室を設け、坐禅と祈りに専念するようになってから、より人や商売との出会いのきっかけが増えていきました。

これがお師匠さまのいっていた「大丈夫」ということでしょうか。まったく予期していなかった恩恵でしたが、天帝教にとても感謝する出来事でありました。

気功が使えるようになった

■悲願達成

天帝教に対して、

「神様からパワーをもらえるなんて嘘だ」

「入門したら不思議な力が使えるなんて信じない」

というスタンスの私でしたが、天帝教の教えは真実であり、不思議な力を信じずにはおれなくなってきました。

ほかでもなく、私自身が、不思議な力を使えるようになってきたからです。

ここから先、話がさらに胡散臭く感じられるかもしれません。

あなたが信じるか信じないかは別として、まさかと思えるエピソードが続くことになりますが、ぜひ懲りずにお付き合いください。お師匠さまの言葉を借りるなら、疑いの気持ちを決して捨てずに読み進めてください。

その、不思議な力というのは、気功のことです。かつてドキュメンタリー番組の気功麻酔を見て「本当にあるのなら、ぜひ使えるようになりたい」と願ってやまなかった気功が、ついに私にも使えるようになったのです。

■使い手にもメリットは大きい

気功というと、自分の体に蓄積されている気を活用し、患者の患部に手を近づけて気を送ることで症状を緩和させていく施術、と思うかもしれません。

しかし天帝教の教えでは違います。気功を使う施術者は単なる中継器に過ぎないのです。気を消費するのは天にいる神仏であり、入門と同時に開いた天門、そこを経由して施術者は神仏から気を受け取る仕組みとなっています。

施術者はまず患者から症状を聞き出し、

「この人の症状を和らげたいので気を送ってください」

というように神仏へ祈ります。その際の、神仏を信じる気持ちが大きいほど、より大きな気を送ってもらえるとされています。同時に、相手を治してあげたいという気持ちも強いほど、気の効果は大きくなります。

神仏からの気を受け取ったら、患部に触れない程度に手を近づけ、気を送り症状を和らげていきます。患部だけでなく体全体に気功を施すことで体の流れを正常化させ、より健康な体になるよう促すこともできます。

施術を受けると、人によってはあまりの心地のよさにそのまま寝入ってしまうこともあります。ちなみに施術を受ける側も、気功や神仏を信じていればいるほど、効果が高いとされています。

またこの天から送られる気というのは、施術者を経由して90％分が施術を受ける側に転送され、残りの10％は施術者に残るといわれています。

よって、気功をすればするほど、相手を癒しながら、施術者には気が蓄積されていくのです。気功はする側も受ける側も大きなメリットがあるということになります。やればやるほど健康となり、長生きできるわけです。

気功で全国津々浦々

■劇的ビフォーアフター

私が天帝教に入門し、茶室を親和室にリニューアルして以降、私と関係を絶った方がいました。その方があるとき、なんの前触れもなく私の元を訪ねてきました。腰を痛めてしまい、動くのもままならないというのです。

すでにさまざまな治療院を頼ったのですが、まったく効果がなかったそうです。最後の頼みの綱、藁にもすがる思いで、「そういえば宗教に入って気功を使えるようになったはず」と、私の会社へやって来ました。

社内の内線で事情を聞いた私は、すぐに私のいる２階へ上がってくるように伝えました。しかしいつまで待っても姿を現しません。どうしたのだろうと廊下へ出てみると、階段の踊り場の手すりにつまかった状態でじっと立ち尽くしていました。もうこれ以上は動けないというのです。

私やスタッフに支えられて２階へ行き、さっそく気功を施しました。

結果、帰りはまるでなんでもなかったかのように、普通に１人で階段を下り、陽気に歩いて帰っていきました。

大げさでもなんでもなく、本当にあった話です。

その方は後に、「これは本物だ」ということで、天帝教に入門、自身も気功が使えるようになりました。

宗教をきっかけに、この方が私に抱いている信頼は地の底に落ちていました。しかし、藁にもすがる思いで、なんとしても治りたいという一心だったからこそ、これだけの効果が出たのでしょう。

「ほら、気功をすればなんでも治るんだろ、やってみろ」

という横柄で疑り深い気持ちだったら効果は半分以下、ほぼゼロだったかもしれません。「まさに信じるものは救われる」です。

このように、気功を通してこれまでの痛み苦しみが嘘のように取り除かれる、というケースは何度も目の当たりにしています。

震災があった際にも、被災地まで赴いて、長い避難生活で心身に疲れを負っている方に気功を行い、彼らの負担を軽減させる活動を行いました。

そういった類の、気功を施す会を全国各地で催しています。

あるときは、杖を突いてやってきたおじいさんがいました。このおじいさんの変わっていたのは、杖と体の位置がえらく「遠かった」ことでした。腕をピンと突っ張って、体をクロワッサンのように曲げて、たいそう窮屈に歩いているのです。

「どうしてそんな体勢なのですか、どこかが痛いのですか」

と尋ねたところ、

「自分の体がここにあるような気がするのです」

と、杖と体の間にできたスペースを指差すのです。確かに体がそこにあれば、杖と体の距離感はちょうどよくなるでしょう。

要するに、このおじいさんは体と意識に差異が生じているのです。より精神世界の視点でいえば、肉体と魂がずれてしまっていることになります。

おじいさんに気功を施したところ、帰りはピンと体が真っ直ぐ正常な状態に戻っていました。おまけに杖を忘れてしまったのですから、みんなで思わず笑ってしまうような劇的ビフォーアフターでした。

■無償の貢献が発揮する威力

気功だけでなく天帝教のあらゆる活動に共通していますが、施しにともなう報酬は受け取ってはいけないことになっています。

報酬を受け取るやいなや、その事実は監護童子を通して天に伝えられます。そしてそんな邪な気持ちを持つ入信者に、神仏は金輪際パワーを送ることはなくなるのです。

そうなると、気功をする際は自身の気を消費することになります。その上、施術相手の悪いものも受け取ってしまうのですから最悪です。

「気功を使って金稼ぎをしよう」

そういった魂胆で入門する輩も少なからずいます。

しかし神仏はすべてお見通しして、そういう輩は天の気を受け取ることができず、自分の英気を削り続けることになります。そして遠からずのうちに病に臥せ、命を落とすこととなります。

ですから、気功会でも一切のお金は受け取りません。それどころか、おもてなしは絶対に受けてはいけません。旅費交通費も出してもらうことはありませんし、お茶の一杯も遠征先では断ります。

中にはお金を包んでくださる方がいますが、直接受け取るのではなく「天帝教への寄付でお願いします」としています。これなら宗教団体への寄付になるので問題はありません。しっかり領収書を渡し、宗教法人運営の財源とします。この寄付金を遠征費などに充当することはオーケー。私欲にまみれたごまかし行為は一切NGです。

このあたり、かなり徹底した慈善活動です。

怪しいが役に立つ「天からのお告げ」

■胡散臭さはピカイチでしたが…

入門して以降、「これはさすがにやらせだろ」と常々訝しんでいたのが「聖訓」です。

聖訓とは、いわゆる天からのお告げであり、世に知られるさまざまな神たちの声を受け取る儀式を意味します。

聖訓を受け取る専門の人がいて、祭壇で神からのメッセージを受信し文字に起こしていきます。これをお師匠さまのところへ持って行き、内容に問題がなければお師匠さまがサイン。聖訓の内容が入信者たちに公開されます。ちなみに受け取る専門の人は、天にいわれるがままほぼ自動筆記のようにして文字に起こしているため、内容はまったく把握していないそうです。

聖訓の中には予言じみたものも多々交ざっています。ただし、いつどこでどんなことが起こるかといった具体的なところまではメッセージにされていません。「将来こういうことが起こるから今からこういう対策をしておくように」といった内容です。

これがいかにも胡散臭く、非常に茶番じみていると当初の私は感じていました。よく占い師が曖昧なことをいって「的中した」と騒ぎ立てられることがありますが、それに近しいものだと思っていました。

とはいえ、内容そのものには役立つものもありました。たとえば「病毒がこれから発生し人々を苦しめる」といった主旨の予言。これはコロナウイルスが猛威を振るう数年前に届いた聖訓の内容に書かれていました。この病毒というのがコロナウイルスを指していたのかわかりませんが、その聖訓で告げられていた対策や心構えがあったからこそ、コロナウイルスの脅威の中にあっても取り乱したりすることなく冷静にコロナ禍を乗り越えることができました。

天帝教で学び、教えを理解していくにつれ、この聖訓もだいぶ信憑性の高いものだと思えてきました。

聖訓はさまざまな神の声を聞くことができるので、当然、日本の神からの声が降りてくることもあります。

一例として、日蓮宗の宗祖である日蓮聖人の聖訓をそのまま紹介しましょう。

日本の神仏ではありますが、聖訓自体は中国語で書き下ろされたものであり、次の文は日本語に翻訳されたものになります。少々難しい言葉も多いので、なんとなく内容が理解できる程度の流し読みで構いません。

〔聖訓〕

現代と将来の修道の大きな意義について語ります。

無形界の観察によれば大和民族は未来に於いて国運不安の時代に立ち至ろうとしている。その要因は主として論理道徳観念が普遍的に次第に衰亡し大和民族の優れた伝統精神と民族的しきたりが没落し、これにとって代わって紙幣に酔い金に迷い、声・色・財貨・権勢・地位・名利の欲望が大部分の日本人の心霊の中を埋め尽くし、自らの霊魂が物欲により売り渡されてしまったことにある。

しかも個人的主観意識の偏差及び執着のために、在来各大宗教の精神祈祷と内在修行の本質と意義が曲解され、甚だしいものは壊滅の破目に会っている。

このため宗教はすでに人心に深く根ざし人間の魂を改造する教化力を無くしている。

人心は古い時代の物ではなく、個人本位の現実が早くから霊魂の主人に成っており更に、政治環境構造の絶え間ない変遷と政治利権の転移とは社会体制の秩序の乱れに影響し個人は危機感を持ちそれぞれ自らの門前の雪を払って他人には関与しなくなっている。

表面的に日本は世界経済の強国の列に躍り出て、国際経済の脈動と運勢を主導しているが、相対的客観的角度から言えば、日本人同胞の内心修養と道徳的外貌とは、大衆に影響を与え教化する。つまり己を正し人を教化する道徳的力量を発揮出来るにもかかわらず、かえって「外面は強く内面は空」と言う危懼すべき現象を呈している。

宜しく多くの生気の士を結集して、社会の不良な気風を改善し優秀な民族性を再び奮起し、国運の隆昌を促進すべきである。

これこそ「誠意・正心・修身・斎家・治国・平天下」に一脈相通じる道理である。

試みに問う、身は大和民族の子孫として、確かに修身世に処し未来に副を開くべく後代子孫の為に想いを致す事が出来るかどうか？　人類が修道の利点に気が付いてからこの方、各種の修道方法と修道環境背景が時代の流れと共に、絶えず人為的に改められ修正されてきた。しかし唯一の千古不変のものは修道の大意義は自己の霊魂生命の事業を成熟し、人類の霊魂の未来に光明な前途を想像する事である。ようするに「独善其身、兼善天下」の道理である。

学員の各位は全て日本大商社の重要な責任者であり、日本の国策に多かれ少なかれ相当程度の社会的影響を持ち、その苦心経営する物は個人企業であり、あるいは企業財団の営利事業であるが、今回心を決して暫く繁忙な社会の人的な事業を放り出して、航空機海を渡る苦労を惜しまず、明師の名を慕って台湾まで訪れ来ている。この時こそが直ちに自我心理の新しく建て直される時であり、正式に修道観念を確認し敬虔な信仰理念を以て不断の奮闘を堅持し苦煉修行し、宏大な願力精神で実地を踏まえた大衆の為の幸福を造らねばならない。

個人事業を国家と共栄する社会国家事業にまで引き上げ、さらに国際和平と補協する世界的事業にまで拡大させ更に進んで宇宙生霊の前途に思いを抱く大宇宙事業にまで昇華させなければなるまい。

従って、各位は20世紀の現代人として現代及び未来の修道の大意義に対して、以上述べた認識と覚悟とが求められるべきであるが、それが否と成れば単なる一個の人間の肉体殻として、いささかの霊覚をも留めぬ平凡な人間として終わる事になるのではないか！

(聖訓ここまで)

このような神仏のメッセージに基づいて、入信者は行動理念を築いていきます。

この聖訓、ときにはやたらと難しい方程式だとか、現代科学では解明できないような暗号じみたものが書き起こされることもあります。これらは私たちには絶対に理解できないものなので、専門の研究機関や学識の高い入信者に送り、人類の観念向上や技術発展に役立ててもらうようにしています。

■意識する神の存在

聖訓が降りてくる。それはつまり、聖訓を発信する発信源の世界が存在することを意味しています。

聖訓が本当に神のメッセージであるのか、それを証明することはできません。しかしひょっとしたら、１００年後には研究が進み、その存在が明らかになっているのではないかという気もしています。

天帝教は宗教法人では珍しく研究部門を設けていて、これら聖訓の解析にも余念がありません。理念や宗教観や教えだけにとどまらず、科学的な見解にも力を入れています。

こういった熱心な活動を見るたびに、「これは本物の宗教だ」と思うようになりました。最初はペテンだ、まやかしだと思っていた私も、彼らの活動の意図や思想を理解できるようになっていったのです。

もはや天帝教やお師匠さまを疑う余地は微塵もありませんでした。

「健康に幸せに生きる」の大原則

私が精神世界へ興味を抱くようになったのは、人と人との間に発生する見えない何かの正体を突き止めたかったからでした。

■目に見えない波動の特性

相手に好意を抱く、あるいは反対に嫌悪を抱く、そのきっかけとなる所作や言動の発する波動は確実に存在します。これを観測し、その波動が体のどこにプラスあるいはマイナスの影響を及ぼしているのか。それを知りたかったからこその精神世界への没入、そして宗教への入信でした。

その、目に見えない波動の正体が、そろそろ見えてきたようです。

気功が大きなヒントとなりました。

人のためにやればやるほど、相手を癒すだけでなく、自分にもエネルギーが蓄積され健康を増幅させてくれる。それが天のパワーを借りて行う気功です。

反対にいえば、悪い気功も存在することになります。相手に悪さをしようとすればするほど、その発する気が呪いのようにして、相手の心身に悪く作用することでしょう。そしてその反動として、自身にもマイナスのエネルギーが付与されることになります。

私たちの普段の所作や言動というのも、気功のように相手や自分に影響を及ぼすのではないか。そのように私は考えるようになりました。

また天帝教の教える気功は、手を患部に近づけるだけで体に絶対に触れてはいけませんが、次のような治療法もあります。

感染症や内臓の不調など、内科の病を抱えている患者に施す気功です。

水とお湯を混ぜた「甘露水」と呼ばれる水を用意します。そして「患者を治す薬をください」と専門の天医に向けて祈り、手の平を上に向けます。このとき、手の平には天のパワーが薬となって降りてきているとされています。そして、この手の上にある見えない薬をそっと甘露水に流し込む動作をします。

この天医からもらったパワーを含んだ甘露水を飲むことで、症状の治りが早くなるのです。手を近づける気功が体の外部から治すのに対し、この方法は内部から治す方法というわけです。

ここで重要となるのは、気を送る間接的な役目を担うのが水という点です。天のパワーが水に影響を与え、その水から体へと影響を与えることになります。

まとめると、私が究明したい目に見えない波動というのは、次の２つの特性があると予測することができます。

・発信者がプラスの意念を発信すれば相手にプラスの影響、マイナスの意念を発信すれば相手にマ

イナスの影響を与える

・水に影響を及ぼす

■水の美醜を決めるもの

信じられない話ついでに、実際に行われた1つの実験を紹介しましょう。

その試みは江本勝氏の著書「水からの伝言」に記されています。少し前に流行った本なので、知っている方も多いかもしれません。

水を注いだコップを2つ用意します。片方は「ありがとう」などのポジティブな言葉を投げかけ、もう一方には「ばかやろう」といったネガティブな言葉をぶつけます。

その後、両方の水を瞬間冷却して結晶化します。するとどうでしょうか、ポジティブな言葉をかけたほうの結晶はきれいな形を成しているのに対し、ネガティブなほうの結晶は歪な形をしているのです。この様子を写真付きで解説しているのが同著になります。

きれいや歪というのは客観的なものですし、絶対的なよし悪しの判断は難しいかもしれません。しかし少なくとも、この実験を通していえるのは、浴びせる言葉のタイプ次第で、水にまったく異なる影響を与えるという自明の事実です。

ほかにも同著では、天然の名水だと結晶がきれいで、水道水だと結晶が歪だとか、どんな音楽を水に聴かせるかで結晶の形は違っていることを示しています。植物に水を与える際も「きれいに育ちますように」と温かい言葉を添えることで、きれいで立派な花が咲く、といったエピソードも挿入されています。

作物を育てる際にポジティブな言葉をたくさん投げかける農家があるという話も聞いたことがあります。そのほうが作物がすくすく元気に美味しく育つのだそうです。

野菜や果物には水分がたくさん含まれています。これもここまでの理屈で考えるなら、投げかけるさまざまな言葉たちが、作物に含まれる水に大きな影響を与えていると推察できます。

■ポジティブ波動が長寿の秘訣

人間の体も水分が大半です。新生児では80％、成人で60％ほどを占めています。

ということは、ここまでの推察から、私たちの普段の営みの中でさまざまに発する所作や言葉が、体内にある水分に影響を与え、健康や成長を左右させる可能性があることになります。さらにそれがポジティブなものかネガティブなものかで、同じ空間を共有する人たちの人生さえも変えてしまうかもしれないわけです。

ポジティブな言葉が飛び交う職場であれば、皆が生き生きとやる気をみなぎらせながら働けるでしょう。叱咤や罵倒ばかりの職場なら通勤すら嫌になり、病気で休む人や辞めてしまう人が続出します。

そして忘れてならないのは、気功がそうであるように、これら所作や言葉は自分自身にも影響を与える点です。

いつもイライラしている人、常に神経質の人、ネガティブな思考の人、周りの人に強く当たる人。そういった人が突然病魔に脅かされ、あっけなく亡くなるという顛末を見聞きしたことはないでしょうか。これもひょっとしたら、性格や思考のつくる波動が、体内にある自身の水に悪影響を及ぼしているのかもしれません。

相手への攻撃は、自分への攻撃になります。相手への罵倒は、自分への罵倒になります。そして周りから小言をいわれるような人、嫌われるような人は、これもまた波動となって自身の体へと伝わっていき、病の種をつくっていくことでしょう。

わら人形に釘を打つといった呪いの類も、まったく非科学的なものではなく、相手に悪い波動を飛ばす有効な方法の1つといえそうです。

では、健康で幸せに生きるにはどうすればいいかというと、これらの逆をすればいいだけのこと。常にポジティブな思考でもって、周りを元気にさせるようなワードを発せて、人のため世のためになる行動を心がければいいということです。

とはいえ、具体的にどんな考えに基づけばいいのか。周囲にいる尊敬する人物の教えであったり、著名な書物であったり、あるいは宗教も参考材料になることでしょう。

そして、私の場合、天帝教に入って学んだ、次に紹介する「20字の真言」が、ポジティブな思考を形成する基軸となり、私を健康で幸せにしてくれています。

人生を変えた言葉と出会う

■20に集約された道徳的観念

「20字の真言」は、私の人生観に大きな影響を与えてくれています。

全世界に広がる主要な宗教たち。それらの教義をかき集めて整理すると共通の真髄を抽出することができます。それがすなわち「忠・恕・廉・明・徳・正・義・信・忍・公・博・孝・仁・慈・覚・節・倹・真・礼・和」の20字です。

道徳的観念を維持することが宗教の基本です。しかしその確かな基準がわからないケースもままあります。よかれと思って選んだ行為が、じつは間違いであることもあるわけです。その基準が20字に込められています。

どのような宗教に属するにしろ、あるいは属さないにしろ、私たちはこの20字の言葉の意味を正しく理解し、従い行動することで、道徳的観念を得て正しき生きかたを歩むことができます。

■「覚」の字が万事を良化させてくれた

天帝教では入門の際、この20字のうち「自分が得意としているもの」と「自分には足りておらず不得意としているもの」を1字ずつ選び、20字が書かれた紙に印をつけるようにいわれます。そしてその選んだ2字は常に胸に刻んでおき、生涯に渡って守り抜くことを約束します。

私が入門した際は、得意なものは「忠」としました。自分の名前にこの字が入っていますし、仕事や人に対して忠実であることは元来から私の徹底している部分でした。

一方の不得意としているもの。これは悩みました。自分に不得意なもの、節度、倹約、忍耐、どの字も当てはまるように感じました。

結局悩んだ末に、和やかさとは無縁な気性だからと、紙にある「和」にチェックを、したはずでした。

しかし、提出した後に、「和」の隣にあった「覚」の字をチェックしていたことが発覚しました。

「確かに和にしたと思ったのだが」

と首を傾げる出来事でした。自分の及び知らぬ神の采配なのか、あるいは単に疲れが出ていただけなのか。

これよりしばらく後、お師匠さまに尋ねられたことがあります。

「覚をどういう風に解釈しているのか」

意識的に選んだのではなく、なぜか「覚」が選ばれてしまったので、とくに解釈はありません。とはいえませんでした。咄嗟にアドリブで返しました。

「自分を第三者な目で見て、正しいか間違っているか、冷静に方向性を決めるような行動を心がけたいからです。間違った方向に行かないよう自分を戒めるため、この字を選びました」

即興のわりに、自分でも驚くくらいすらすらと言葉が出てきました。

「それでいい」

お師匠さまは深くうなずきました。私の返答に満足したのかはわかりませんが、その話はこれで終わりました。

即興の言葉でしたが、なんとなく頭に残り、普段の生活の中で心がけるようになりました。そして「覚」に基づいた日々の実践は、私の人生を大きく変えることになります。

私は元来から感情任せでその場を乗り切ろうとするタイプ。冷静な分析が足りなかったせいで選択を誤ってしまい、後悔する苦い経験を何度もしてきました。

しかしこの「覚」を意識し、いつも自分を第三者的な目線で眺めるスタンスに徹し、クールダウンする時間を設けるようになりました。こうすることで、感情に流されて間違った方向に進んでいく事態を免れるようになったのです。結果、物事がうまく運ぶ確率がずいぶんと上がったのです。

なるほど。宗教とはただただ祈ったり懺悔して、気持ちを安らかにする自己満足的な慣習の取り組みと思っていたが、これほど実際の生活によい影響をもたらすものなのか。

20字の真言との出会いは、私に多大な影響力をもたらし、人生をより豊かなものに仕立ててくれました。

幸せを招く20字、不幸を呼び寄せる20字

■幸せを招く20字

本章の最後に、宗教理念の基本的経典が凝縮された20字の真言を紹介します。

現在宗教に入っていない方も、私と同様に得意な1字と不得意な1字を胸に刻んで、日々の行動に反映させることを強くすすめます。

〔幸せを招く20字〕

1忠　忠実、忠厚。正直であり無私、良心を持ち、天地国家友などに対し誠実である。
2恕　思いやり、度量が広い、許す心。他人の心情を慮った行動ができる。
3廉　清廉。潔い、無欲。取ってはいけないお金や物は取らない倹約の精神を基本とする。

4明　明快、明白。見通す力、理に通じた聡明な心。酒、色、財などの欲を見抜き排する。
5徳　仁徳。善良な品行、正直な行為。
6正　正心。邪気のない姿勢。わずかな私意や些細な邪心も起こさない。よこしまなことを言わず、見ず聞かず、悪い所には立ち寄らない。
7義　義理、仁義。成すべきことを成す強い心。
8信　信念、信条。相手を信じ敬う気持ち。言葉と行動があくまでも一致するよう常に変らず、正直で人を騙さず、約束したことは必ず守る。
9忍　忍耐。忍ができない、足りない者は失敗を喫する。あらゆることが我慢することによって成功し、我慢できないことによって失敗すると知るべきである。
10公　公平、公明。他人と自分を分けず、私意を抱かず、意志が強く正直で、えこひいきせず、すべてのものを一律に平等に扱う。
11博　博識、博学、博愛。物事をひろくたくさん知っている。
12孝　孝行。自分ではなく他者のために尽くす。
13仁　仁愛、仁徳、仁義。万物を愛する心。
14慈　慈悲、慈愛。笑顔の柔らかい表情を持って人と接する。
15覚　覚悟、覚醒。善悪を弁別でき、善に従い悪を遠ざける。

16節　節度、節約、節制。制限して過度に成らない意識。
17倹　倹約。生活が質素で、欲を抑え、足るを知り今の幸せを噛みしめる。
18真　真実、純真。自然で本来の姿、人に虚偽を見せない。
19礼　礼儀、礼節、礼拝。謙虚な姿勢で、万物を敬い愛する心。
20和　調和、和合、温和。論争のない和やかな空間を生み出す。

20字の真言にしたがった生き方を心がければ、健康で幸せで、天国にも行けるような聖人となれます。

■不幸を呼び寄せる20字

さて、その対極にある20字も存在します。これを心の中でもち続けていると寿命を縮め、地獄まっしぐらの悪人になってしまいます。まさしく病原、不幸の原料となる言葉です。これも参考として、連想されるワードを添えて紹介します。

〔不幸を呼び寄せる20字〕

1奸　奸智、奸才、ずるい、狡猾。

2詐　詐欺、詐称、だます。
3貧　貧しい、貪る。
4汚　汚染、汚職。
5酷　過酷、残酷、混乱。
6偏　偏愛、偏見、偏執、不正。
7悖（はい）　狂悖、悖反、そむく、道理に外れる。
8乱　騒乱、禍乱、調和のない状態。
9殄（てん）　殄滅、絶滅、放漫。
10私　私心、利己、私利、私欲、秘密。
11暴　凶暴、暴虐、消耗。
12逆　反逆、違背、不服従。
13幽　幽暗、冷淡。
14厲（れい）　災厲、わざわい、憤怒、傷害、不満。
15痴　愚痴、執愛、情欲。
16吝（りん）　吝嗇（りんしょく）、けち、惜しみ、器量が浅く狭い。
17濫　濫用、濫獲、奢り。

18偽　虚偽、うそ、狡飾。
19侮　侮辱、侮蔑、軽視。
20慢　傲慢、緩慢、怠惰。

言葉の意味をよく考えて、自身の中でこれら邪気につながる言葉をもち続けて生きていないか点検してみましょう。

心の中にこれら邪気の意識を抱えていたり、誰かに向けて怨念を発してしまったときは、逐一点検を行い律していくことが重要ポイントです。

不幸を呼び寄せる20字は、人生の中ではときに方便的に必要となり、避けては通れない瞬間も訪れるかもしれません。しかし心の芯に置いては行けません。

いずれにせよ、その後の人生や後世を改めていくのであれば、20字の悪い言葉たちを使わぬよう努め、幸せを招く20字を積極発信するに限ります。

20字では多すぎるので、せめて2字は常に心に留めて、心を磨き直すといいでしょう。

第7章　自分の人生、これでいいのだ

那須塩原に出る幽霊

■野武士乃館

「幽霊が出るって評判の場所がある」

そんな噂を耳にしたのは、行楽で立ち寄った那須の温泉旅館でのことでした。

「老松温泉喜楽旅館」といって、残念ながらもうなくなってしまったのですが、温泉マニアや廃墟マニアには有名な宿がありました。

閉業してしまった理由は、温泉の成分で建物が著しく劣化してしまったから。壁がボロボロに崩れ、いまにも床が抜けてしまうのではないかという箇所もちらほら。この本文とは関係ないので詳説は省きますが、興味のある方はぜひネット検索してみてください。建物はボロいですが、湯の効能は抜群の、心身に染み込む温泉でした。

その老松温泉喜楽旅館の責任者の1人だった「守ちゃん」は、那須の案内人を請け負っていました。那須塩原に訪れた旅行客を、有名な観光地・穴場・秘境問わず、さまざまなスポットへ案内し、那須の魅力を満喫させてくれるのです。

私はこの守ちゃんが大好きで、旅館に泊まって彼と那須観光へ出かけるのを恒例行事としていました。

その日も、いつもの調子で旅館を訪ね、守ちゃんと取り止めなく談話していたとき、冒頭の幽霊の話題が出てきました。

「元は修道の人が住んでいたんだけどね。いつからか廃墟になっていて、そこで幽霊を見たって目撃談が増えてるんだよ」

修道者が住んでいた館には「野武士乃館」という看板がかけられているのだそう。この館自体はかつて那須の麓のほうに建てられていたそうですが、それを那須の山奥に移転させ、そこで修道者が修行に励んでいたそうな。

野武士乃館を構える土地には石碑があり、そこには昭和天皇が訪れたという記録も残されていて、由緒ある場所であることがうかがえました。また館の裏には湧き水もあって、それがこの上なく美味しいのだそう。名所になりうる要素はたくさんありました。

ただ「いわくつき」であることも確かでした。

この館よりさらに山の上のほうに別荘地が、バブルの時代あたりに立て続けに建ったそうです。しかしその別荘地でも心霊現象が絶えなかったそうで、持ち主たちはこぞって手放し、今ではそこも廃墟と化しているのだとか。

「なんだか面白そうだぞ」

完全に、興味本位での、探索決行でした。

■幽霊の正体

知り合いの霊能者を呼んで、さっそく野武士乃館を訪れました。

私有地につき、中まで入ることはできませんでしたが、敷地の入り口そばで霊能者がすぐ「彼女」を発見しました。敷地の守り神がいるというのです。

その守り神は薙刀を持った女官でした。噂の幽霊の正体は彼女だったのです。

霊能者を介して聞いた女官の話では、この辺り一帯は非常に崇高な聖地だということです。かつてこの聖地に別荘が建てられたのですが、ふさわしくないということで、この女官が夜中に暴れて滞在者を驚かせたのだとか。この心霊現象を気味悪がって、あっという間に別荘地は無人と化したということです。

後日、この聖地のことを台湾の天帝教本部に伝えたところ、

「すぐに訪れてみたい」

と飛んでやって来ました。そして訪れるやいなや、

「これはすごい場所だ。まさに聖地だ」

「ぜひここを祈りの場にし、日本の拠点の1つとしたい」

というのです。

持ち主の方を探し出し、交渉してこの野武士乃館を含む周辺の土地を借りることとなりました。以降、日本の入門希望者に対しては、台湾本部の幹部を日本へ呼んで、この聖地で入門の儀式をやるようになりました。私のときのようにわざわざ台湾まで足を運ぶ必要がなくなったので、希望者にとってはだいぶ負担の軽減につながります。

しかしこの野武士乃館、使用開始時にはすでにかなり傷んでおり、現在は使っていません。すぐ隣の平家を再利用し、この土地はいまも入門の儀式や祈りの場として利用しています。

神に守られた聖地で祈りや坐禅をすると、効果はより大きなものとなります。

以上、幽霊出没の噂から、まさかの縁で那須の地に天帝教の日本支部が立ち上がった、というエピソードでした。

非常に不可思議な経緯ではありますが、日本に新しい拠点ができたことは大きな意義がありました。これから天帝教の教えを日本国内に広める手伝いができますし、気功や祈りを通して幸せになる人が増えることは、とても素晴らしいことであると思ったからです。

ただし問題もありました。冬季の使用は積雪のため使用は困難です。最低気温は零下25度から30度まで下がり、水回りはすべて凍結してしまいます。台湾の仲間が冬季滞在した折には、かんじきを履いて下山し食料を求めたと話していました。

3万8000坪の土地の行方

■7億5000万円の93%引きで購入

野武士乃館がある場所は那須高原の上方、標高が高く、冬になると1メートルほどの雪が降り積もります。

必然、入門の儀式や祈りの場として使える期間は限られてしまいます。その懸念を払拭するため、標高の低い土地の購入を兼ねてより検討していました。

お師匠さまの希望としては、野武士乃館は手放したくない意向だったので、そこからさほど遠くはないところに、野武士乃館を移転させる計画としました。

那須高原中腹にある御用邸。これが建てられたのは大正15年、1926年のことです。それと同じころ、この御用邸と対になるようなかたちで、那須街道を挟んだ反対側に、かつて「占勝園」と呼ばれる私営の公園が開かれました。

手元に資料が少なくはっきりとはしないのですが、どうも皇室関係者の豪族の持ち物だったようです。

その敷地面積3万8000坪。東京ドーム2個を余裕で包んでしまう広大な公園でした。

この占勝園はしばらくして相続の関係など所有者の事情によって、国に物納されたという記録が残されています。国有地となったわけですが、これという利用法があるわけではなく、長いこと野放しにされていました。

それが那須高原の開発にともなって競売に出されたのが、私が70歳になる前のことなので、2000年代のことだったと記憶しています。

その最低落札額が7億5000万円。坪単価で見ると妥当かもしれませんが、草木は生え放題で手入れをするだけでも相当なコストがかかってしまいます。どう考えても割に合わない買い物でした。

まったく入札者が現れず、しばらく経って一気にディスカウント。3分の1の2億5000万円にまで値下げされました。これには不動産屋も目の色を変えたようです。しかしよくよく土地を調査してみると、その形状から分譲して再度売りに出すといった土地利用はできないことが発覚しました。

不動産屋にそっぽを向かれてしまい、由緒ある占勝園跡地はついに5000万円にプライスダウン。当初のピーク値の10％以下の価格となりました。

このタイミングで私はこの3万8000坪の広大な土地を購入、天帝教へと寄付しました。2008年のことです。

■絶景広がる土地の有効活用法

敷地内には占勝園時代の名残がいくつかあります。

入って少し歩いたところに背の高い灯籠があります。これと似たようなものが御用邸内にもあって（現在もあるのかは不明）、お互いが向かい合うようにして立っているのだとか。

この灯籠の周りにはなぜか高い木が生えず、一帯がびっしり苔むしています。その苔を踏むとベッドのようにふかふかで、霊験あらたかとした雰囲気をまとっています。まさにパワースポットといえるでしょう。

さて、この3万8000坪を手入れして、当初の目論見通り、野武士乃館を移転し、さらに宿舎も建てて、新たな拠点としたいわけですが。工事費をかけるほどの資金がなく、購入してかれこれ15年以上、ほぼ手付かずのままになっています。

季節に左右されず儀式が行えるようにと購入した土地でしたが、道場ができあがるのはだいぶ先の話になりそうです。ここを拠点にして祈りができれば、どれだけの効果がもたらされるか、非常に楽しみであったのですが。

かなりの割引後に買えたとはいえ、5000万円は高額です。放置しているのももったいないので、キャンプ場でも開こうかと思案していたりします。

敷地内の見晴らしのいい場所には大きくて平らな岩があって、そこに寝転がって見上げる星空、

〔３万 8000 坪の占勝園跡地、平らな岩と眼下に広がる那須高原〕

そして見下ろす那須高原は、まさに絶景です。

これを誰も楽しめることなく何十年も放っておくのはもったいないので、なんとか有効利用できればと考えています。

ちなみにこの見晴らしのいい広場、土地購入時には樹木だらけで、この平らな岩も見えなければ景色も望めないような状態でした。

那須でよく遊ぶキャンプ好きな仲間たちの協力もあり、木々の伐採と同時にユンボで根元から取り除き、みんなが集える広場となりました。

その後に、この場所は那須国立公園内で、伐採や開発は環境課に申請してからでないと行えない地区で、自分の土地であっても自由に手入れをすることができない場所と知りました。

祈りのすごさはここにある

■祈りの有意性を示す検証

野武士乃館の地を借りたり、3万8000坪の土地を購入したり、なぜここまで天帝教のために献身的な奉仕を続けるのか。私が日本の支部長的な役割を担っていることもありますが、それ以上に、天帝教で行う祈りに大きな重要性を感じているからです。

とくに場所にこだわり、質の高い祈りをすることが、私たち人類の未来に大きな影響を及ぼすと考えています。

祈り、人の発する「気」には、すごい力があります。

人の発する波動のこととか、それが水に及ぼす影響の話、さらに気功の話など、ここまで私が展開してきた話題を統合すれば、人間の出す気の秘める力は、あなたにもイメージできているはずです。普段の生活の中でも、発する気を意識せずにはいられなくなります。

アメリカで実施された祈りに関する興味深い検証を紹介しましょう。カリフォルニア大学の心臓学教授ランドルフ・ビルド氏が1988年に行った実験です。

心臓に関する病を患っている393人の患者を教授は2つのグループに分けました。

そして片方のグループには「治りがよくなるように」「悪化の速度が緩やかになるように」といった祈りを、遠くに住む人々から捧げてもらいます。一方のグループには何も行いません。もちろんどちらも一般的な治療は進めていきます。

結果、祈りを捧げられたグループは、捧げられなかったグループよりも心臓病の重症化度が低かったのです。

その数字は有意性が高いと認められるほどの差を示しており、グループの偶然の個体差では説明できない程度でした。祈りが何らかの効果をもたらしたとしか考えられないという検証結果が得られたのです。

また、祈りの応用ともいえる気功がそうであったように、よい祈りというのは祈られる側だけでなく、祈る側にもメリットをもたらすことがわかっています。

ハーバード大学が５０００人を対象に行った２０１８年の研究によれば、最低週1回でも祈りを捧げる人は、捧げない人に比べて、人生の満足度が高く、薬物使用の可能性も少ないそうです。

もちろん逆もまた然りで、悪い祈りもあります。地獄に堕ちろと憎い相手に祈り続ければ、何かしらの悪影響を相手に及ぼすことになります。これは水を話題にしたところでも論じた話です。そして呪いの祈りを捧げる本人も、不健康など不幸を背負いやすい傾向にあります。

「祈るだけ無駄だ」

なんて思う人もいますが、決してそんなことはないのです。

■抗いがたいものに抗う術

天帝教はほかの主要宗教と同じく祈りを大切にしています。大きなテーマでいえば平和の祈りです。個人の幸せや更生を願う祈りもします。

祈る対象は人以外のケースもあります。近年では自然への祈りの回数も増えてきました。温暖化による気象の急激な変化が異常気象を招き、大規模火災や水害、ハリケーンなどで甚大な被害に見舞われる地域が年々増えています。将来的には飢饉による食糧不足だとか、気温や水面上昇による生態系の崩壊、病毒の拡大を招く重篤なケースがより頻度を高めて発生することになるでしょう。

地球の表面の3分の2は水で覆われています。人の発する波動が水に影響を与えるように、人の祈りが地球に影響を及ぼす可能性は否定できないのです。

地球の怒りともとれる異常気象に抗うのであれば、環境に配慮した活動に徹することはもちろんのこと、祈りもここで述べてきた理由の通りで、効果が見込めるわけです。

世界平和のために、戦争を起こす元凶となっている人物に対して祈ることもあります。

いまもどこかで衝突は起こっています。死傷者も出ています。戦争は起こっていなくても、一触即発の不穏な地域もあります。

これらは指導者による、支配欲や名誉欲にまみれた争いと言い換えても過言ではありません。彼らの暴走を止めるための祈りは、被害を抑える一助となるはずです。悪質な欲が勝ってしまっている指導者に向けて祈りを捧げ、彼らの魂を強くして、欲に支配されている状態を克服することを目指しています。

自然に対する祈り。欲にまみれた者への祈り。これら祈りの行為を、無駄だと一笑に付す人もいることでしょう。

確かに、祈りは科学では解明できない現象であり、たとえ祈りが相手へ届いたとしても、その人の魂を洗うほどの効果を出せる保証はありません。

しかし、先ほどの実験にもある通り、祈りは自身にも多大なパワーを蓄えさせることができます。そしてそのパワーを用いて、祈りとはまた異なった活動をすることも可能です。ですから、私は祈りを欠かさず行っているのです。

私たちの生活の中でも、行事や習慣で祈りを行う場面はあります。新年に神社で祈願しますし、お寺のお墓参りでも手を合わせます。そしてその祈りの瞬間は、誰もが真剣な思いを抱いているはずです。その祈りのエネルギーが世界中を飛び回っていると考えられ、それを観測することができれば世界平和を祈る意義も解明されるのではないかと期待しています。

魂は死なない

■来世にかける保険

最後に総括として、自分が死んだ後の世界について触れておきます。

私がこれまでの人生経験を通して確信しているのは、「死」を体験した後も、自身の魂は存在し続けるということです。

魂は死なないのです。

天帝教の教えでは、私たちは「神仏になるための修道の途中」に人間をしていると考えられています。神仏の前段階として、私たちの魂は人間の肉体に宿り、日々の生活を送り、鍛錬に勤しみ、仕事に従事し、いまこうしてこの文章を読んでいることになります。

いずれこの肉体から魂が離れるとき、それは肉体にとっての死が訪れたことを意味します。

そして、魂は次なる段階として、神仏になるかもしれないのです。

あるいは、また次の肉体に宿り新しい命となるかもしれません。輪廻です。

さらにまたある魂は、浮遊したまま霊魂として現世に漂うこともあります。俗にいう幽霊や亡霊であり、これの多くは悪さをするため、心霊現象として騒がれることがあります。事故が多発する交差点や、やたらとよくないことが起こる場所というのは、この霊魂が悪さをしているのです。

いずれにしろ、いま私たちが肉体に魂を宿して修道するのは、神仏の住む極楽の世界、天界だとか天国といった世界を目指している、そういった明確なゴールがあるからです。

その真逆にある地獄に落ちる可能性もあります。

天へ行けるのか、はたまた輪廻するのか、あるいは地獄に行くのか。それを決めるのは何か。ルーレットで決めているわけではありません。

魂を肉体に宿している期間の「行い」で決まってくるのです。人生で行った功徳の質と量の蓄積によって神仏に評価され、天国への道が開けることになります。

道徳的観念を基本とした正しい行い。シンプルにいえば、人や世界を助ける行動を心がけること。支配欲や名誉欲にまみれた生きかたを送らないことは必須です。それらは、道徳の授業で習うような常識的なことですから、なんら難しいことではありません。

ただし、見かけ上は正しい行いをしていても、心の中にやましさがあってはいけません。心身ともに一体化し、道徳的観念を貫かねばならないのです。

私たち人間は、生まれながらに天国保険に入る権利を得ていると思いましょう。日々の功徳が保険料です。お金は一切関係ありません。地位や財力にも依存しないのです。それぞれの範囲で、それぞれにできる正しいことを行いましょう。満期完了となれば、晴れて天国への切符を手にすることができます。

私であれば、祈りをしたり、気功をします。世の中の役に立つ商品を開発して送り出します。ポジティブな気持ちを維持して、周りにポジティブな行動や声かけを心がけます。

必要な分の功徳が積めなければ、満期とはならず、天国には行けません。しかししょげる必要もなく、輪廻によってまた人間の肉体に魂を宿し、再び功徳を積む人生を送ることで、天国保険にチャレンジできます。

「行動の指針がわからない」

というのであれば、何かしらの神仏を信仰するのがいいでしょう。著名な宗教の教えを守ることで、自然と保険は積み立てられていきます。必ずしも入信する必要はありません。教えを参考に日々の行動に落とし込むことで、正しく功徳を積むことができます。

■遺される2つの魂

宗教的な話になり「本当に魂や天国などあるのか」「功徳を積むことがそんなに大事なのか」と眉唾物な人も多いことでしょう。

それでいいのです。疑い続けることは大切なことです。心の中に留めて、何かの拍子で思い出してもらえれば結構なのです。

死が近づくにつれ、いずれは意識することになります。死後のこと、自分の行ってきたことを思い、これからの過ごし方に思いを馳せたとき、改めて「魂とはなんぞや」と、ここの話に戻ってくることになります。

アップル社の創業者であるスティーブ・ジョブズ氏は、スタンフォード大学の卒業スピーチで、死についてこう話しています。

「誰も死にたくない。天国に行きたいと思っている人間でさえ、死んでそこにたどり着きたいとは思わないでしょう。死は我々全員の行き先です。死から逃れた人間は１人もいない。それは、あるべき姿なのです。死はたぶん、生命の最高の発明です。それは生物を進化させる担い手。古いものを取り去り、新しいものを生み出す。今、あなた方は新しい存在ですが、いずれは年老いて、消えゆくのです。深刻な話で申し訳ないですが、真実です」

がんを宣告され、刻一刻と死が迫っている予感の中でのスピーチでした。

ジョブズ氏のいう通り、死は人類全体にとっての進化の過程の一工程に過ぎません。目まぐるしく変化していく環境に適合するための手段です。人類繁栄の望みを叶えていくために、死は必ず通る道となっています。

一方、個人のスケールで眺めてみると、天の世界に行くにせよ、また輪廻するにせよ、魂も進化を遂げています。もちろん、生きている間の行いによっては退化し地獄を経験する魂もあるでしょうが。

肉体はいずれ使いものにならなくなりますが、自分という魂は、進化を続け、不滅にあり続けます。

私も84歳、そのときはいずれやって来ることでしょう。

私が取り組んできた事業や、奉仕活動を通して伝えたかった真髄、本書の中でも折々で触れてきた思想を、少しでも多くの人に、という願いで伝え広めています。

この行為はいわば、私の魂の一部をほかの人に宿すという心境に近いです。

私の魂を受け取ってくれた人たちに願うことはただ1つ。私から学んだことに感化され、行動し、自身の魂をより高尚なものへと押し上げてもらうことです。

ですから、私の魂がこの肉体を離れた後、周りにいた人たちには、私の死を悲しんでもらう必要はありません。「新しいところへ向かったんだね」と、祝うようにして送り出してほしいのです。

あとはちょっとだけでいいので、私との出会い、私からの学びに感謝してもらえれば十分です。

まもなく、私の魂も次の場所へ向かうことでしょう。できれば神仏となり、みなの幸せにより大きな影響力をもたらす存在になりたいと思っています。

一方で、私と縁があった人々にも、私の魂の一部は生き続けていきます。

この2つの魂は遺り続けるのです。

だから、私は死を恐れないのです。

おわりに

本書で伝えたかったことを一言でまとめるなら、なんてことはありません。

人間でいる以上は、善人であったほうがよい。

この点に尽きるといっていいでしょう。

自分のためだけでなく、大切な人たちのために。いまよりもっと穏やかで健康に、幸せな日々を送れることを願って、自分のできる善行に励んでいく。そんな、ごくごくありふれたメッセージです。

お金や時間をかけずともできる善行は多岐にわたります。

隣人に優しい言葉をかける。相談に乗る。草花に水を与える。誰かの健康や世界の平和を祈る。痛さ辛さに泣く人の頭を撫でる。

たったそれだけのことでも、周囲をより善いものにし、巡りめぐっては自分の人生の幸福度にも貢献します。善人であろうとする意思が、抱えていた悩みを解決する原動力となります。それらのロジックは、本書の中で述べてきた通りであります。

私がこれまでさまざまな商品を開発してきたのも、それを抱えて全国を駆け巡っていたのも、より多くの人が笑顔になることを願っていたからです。信仰を始めてから気功や祈りに専念するようになったのも同様です。

善人であり続ければ、死後の心配はありません。次の魂の行き先では、必ず素晴らしい世界が待っています。

そういえばかつて、坐禅をしていたときに、臨死体験をしたことがあります。

目を開くと、私には肉体がありませんでした。そこに自分の魂だけがあったのです。場所は宇宙で、真っ暗な空間で、四方八方に星が散らばっていました。

またあるときは海の中にいました。私の魂はサンゴ礁に包まれています。水の中でしたが苦しさはありません。魚がたくさん泳いでいて、すごくきれいでした。

ああ、死ぬということは、魂だけの状態とは、こういうことか。

夢の中にいただけ、という可能性も捨てきれませんが、私にはあれが死後の世界に思えてなりません。肉体はありませんでしたが、不思議と「これは本当の世界だ」という実感があったのです。

84歳ですが、まだまだ修道の身。

いまだ仕事も精力的に続けていて、新商品もまだまだ開発していく所存です。世の中を物質的に豊かにする一方で、精神的な豊かさも追求していきます。祈りや気功といった精神世界に準ずる活動も続けて、皆が平和で健康で幸せな世界をつくっていくフォローもしていきたいです。

私の熱狂と狂気の日々は、魂が肉体を離れるまで、いや、肉体を離れて以降も、無限に魂の旅が続いていくことでしょう。

私のクレイ・ストーリーは不朽不滅です。

古舘　忠夫

参考文献

２０２４年９月11日付　朝日新聞夕刊『こころのはなし』山折哲雄氏

日本経済新聞

『ハングリーであれ。愚か者であれ』ジョブズ氏スピーチ全訳

米スタンフォード大卒業式にて（２００５年６月）

(https://www.nikkei.com/article/DGXZZO35455660Y1A001C1000000/)

著者略歴

古舘　忠夫（こだて　ただお）

1940 年青森県八戸生まれ

1965 年にトモエ商会を設立。時計の部品製作請負から始まり、偶然の発見からカーケア製品を開発、中古車復元のカーディテーリング業界へ参入する。

1985 年には中古車復元システムのマニュアル化に成功し、社名をジョイボンド株式会社へ変更。同時期に開発した車体汚れ除去製品「トラップネンド」が世界的なヒット商品となる。業界への功績が評価され、2023 年にアメリカ国際カーディテーリング協会の殿堂入り。

観測不可能な目に見えない世界に興味をもち、50 歳頃より精神分野にも没頭。ビジネスと並行し、気功や祈りを通して世の中への貢献活動を続ける。

クレイ・ストーリー　旅する魂

2024年 12 月13日　初版発行

著　者　古舘　忠夫　© Tadao Kodate

発行人　森　忠順

発行所　株式会社 セルバ出版
〒 113-0034
東京都文京区湯島 1 丁目 12 番 6 号 高関ビル 5 B
☎ 03（5812）1178　　FAX 03（5812）1188
https://seluba.co.jp/

発　売　株式会社 三省堂書店／創英社
〒 101-0051
東京都千代田区神田神保町 1 丁目 1 番地
☎ 03（3291）2295　　FAX 03（3292）7687

印刷・製本　株式会社 丸井工文社

Printed in JAPAN
ISBN978-4-86367-934-4